LE CHANT DES REINES

De la même autrice

Et les Beatles chantaient,
Éditions Annick Jubien, 2021

Sarah BELL

LE CHANT DES REINES

CALMANN LEVY
territoires

COUVERTURE
Maquette : Le Petit Atelier
Photographie : © Vesnaandjic / Getty Images

ISBN : 978-2-7021-8596-4

« Les mouvements et les troubles de l'âme dépendent de ceux du monde, la violence ne s'arrête pas à ceux qu'elle vise, elle rebondit comme un caillou sur l'eau dure et frappe, frappe encore. »

Alice Kiner, *La Nuit des béguines*

PROLOGUE

C'est donc ici que sa nouvelle vie commence, sur ce triste parking du port de commerce de Brest. Elle fait le tour du véhicule avec une nonchalance de composition, mains dans les poches hautes de son blouson kaki. Elle ne connaît rien à la mécanique mais elle a appris à faire semblant. Elle se penche vers le pneu avant droit et tâte la gomme en fausse connaisseuse. Elle n'écoute pas vraiment le vendeur bavard et curieux qui cherche à en savoir davantage que nécessaire sur l'acheteuse potentielle de son fourgon. Il semble intrigué par cette femme fraîchement débarquée du *Fromveur II* en provenance de l'île d'Ouessant. Elle ne répond que très vaguement à son interrogatoire car elle sent le regard cannibale de cet homme. Fanny est bel et bien de retour sur le continent et toujours dans l'ère du mâle dominant.

— Les pneus arrière sont bons, mais les pneus avant sont très moyens. Ça doit faire un bail que vous ne les avez pas changés. On a à peine deux millimètres de marge au niveau de la sculpture de la gomme, c'est limite dangereux de rouler avec ça, se lance-t-elle.

Le vendeur se racle la gorge, pas très agréable de se faire démasquer par une femme.

— Oui, je comptais bien vous le dire, j'ai pas eu le temps de les changer.

Fanny continue son inspection. Marcher les jambes un peu écartées, gonfler les épaules, rentrer les seins, esquisser une lippe semi-agressive et laisser traîner un regard dur acier. Elle a aussi appris à faire semblant d'être un homme. Elle ouvre les portes une à une, inspecte le coffre, s'installe à la place du conducteur en essayant de se souvenir des dix points à vérifier pour éviter l'arnaque. Elle les a appris par cœur sur un site internet spécialisé. Trouver le levier qui ouvrira le capot avant et prier pour qu'il soit bien à gauche sous le volant. La main tâtonne et rencontre une poignée à tirer, le capot s'ouvre dans un grincement, elle feint le mécontentement d'une moue contrariée. Elle a maintenant la tête dans le cœur de la mécanique interne. Câbles, noirceur, odeur de gazole écœurante, tuyaux brillants d'huile de moteur. Elle préfère ne toucher à rien puisque cela révélerait sa méconnaissance totale du sujet. Le moment est venu de jouer sa carte maîtresse, son atout qui va sonner son adversaire. Elle n'a pas le choix. Elle va vider toutes ses réserves bancaires pour cet achat alors elle ne doit pas se faire avoir.

— Et vous avez déjà changé le joint de culasse ? Le vendeur lui oppose un non timide et décontenancé avec dans les yeux une sorte de lueur admirative. Il n'est pas mécontent de négocier avec une connaisseuse plutôt qu'avec la jolie nana un peu cruche du volant qu'il avait aimé imaginer en l'attendant sur le parking du port. La femme qu'il a face à lui n'est pas de celles sur qui il se retournerait dans la rue. Peut-être à cause de son mètre soixante, de son style adolescent avec son pantalon de randonnée trop large et son tee-shirt blanc informe taché de minuscules points d'encre noire. Les mêmes taches noires qui parsèment la peau de ses mains de quadragénaire. Mais c'est une femme dont on a du mal à détourner les yeux une fois qu'elle vous accroche le regard. Son visage est d'une perfection sans artifice. Une actrice de cinéma, c'est ça, elle lui fait penser à une actrice de cinéma qui n'a pas besoin de maquillage ni de froufrous pour être attirante. Mais qui déjà ? Comment s'appelle-t-elle ? Allons voyons, celle qui a les cheveux bruns coupés en un carré flou et un rire sans gêne révélant une bouche décomplexée, ou plutôt celle qui a ce regard de feu sauf qu'elle est rousse et l'acheteuse est plutôt brune... Perdu dans son jeu des ressemblances il n'entend pas la deuxième question de Fanny. Il faut dire qu'elle est allongée sous la camionnette à observer le dessous de carrosserie à la recherche de rouille ou d'une éventuelle fuite d'huile.

— Quoi, pardon ?

Fanny s'extrait de dessous le châssis et pose à nouveau sa question tout en frottant son pantalon et ses manches de blouson.

— Je disais, la courroie de distribution, vous l'avez changée récemment ?

— Euh oui je crois...

— En fait, ce serait plus simple si vous aviez le carnet d'entretien, comme ça je pourrais y jeter un œil.

— Oui pas de souci, il est dans la boîte à gants. J'vous le donne tout de suite madame la reine de la mécanique ! Fanny sent le vendeur tenter de détendre l'ambiance et elle fulmine. Que ce soit pour la draguer ou pour la détourner de son inspection détaillée, elle enrage puisqu'il n'aurait jamais parlé sur ce ton à un acheteur consciencieux. Elle essaie de garder un air concentré en lisant le carnet auquel elle ne comprend pas grand-chose. Elle l'entend pérorer sur la traversée, la beauté de cette mer d'Iroise, les sympathiques mais fiers habitants de l'île d'Ouessant et de finir sur la fameuse blague du nouveau départ dans le Finistère, là où la terre finit, commence une nouvelle vie ou quelque chose dans le genre. Elle se garde bien de lui fournir quelque information qui pourrait faire croire à un relâchement de sa part. Elle frotte à nouveau son blouson sali par son passage au sol puis lui tend une enveloppe de billets après avoir prélevé 300 euros pour les deux pneus avant en mauvais état. Le vendeur se soumet, recompte l'argent, jette sa cigarette dont la fumée lui brûle l'œil droit pour mieux se concentrer sur son pactole. Fanny regarde la cigarette se consumer toute seule sur le bitume. Elle continue de la suivre du regard alors qu'une légère rafale la fait rouler vers le bord du talus pour finir sa course, encore fumante, sous deux jonquilles à la présence incongrue. Pour la première fois depuis dix-huit mois elle a envie de porter ce bout fumant à ses lèvres.

L'envie de cigarette la poursuit au volant de son nouveau camion. Il paraît, oui, que « tout commence dans le Finistère », cette phrase on peut la lire sur tous les fascicules touristiques du coin. Sourire. Le coup de tête, certains l'appelleront instinct, qui l'avait conduite dix-huit mois plus tôt sur l'île d'Ouessant pour s'extraire du monde, cacher sa douleur et enfouir sa peine, était le bon. L'île Tortue, la mer et le vent ont été son refuge. Fracasser la brutalité des événements destructeurs qu'elle venait de vivre contre la fureur des éléments. Fondre sa souffrance dans les grands vents d'ouest et les courants marins de la mer d'Iroise qui déchiquettent la dentelle rocheuse de l'île. Ces composants hostiles et violents qui protègent cette terre fière et magnifique d'une trop grande facilité d'accès lui confèrent un mystère attirant. Un sanctuaire idéal. La mer d'Iroise et les habitants d'Ouessant ne font qu'un dans l'esprit de Fanny, ils sont laminés par les mêmes tempêtes de l'hiver, par la puissance du suroît qui vous agite et vous berce à la fois. L'île aux femmes avait fini par l'accueillir, elle, la femme cassée. Les Ouessantines, sœurs du malheur et de la lutte, fortes et libres, lui ont transmis leur combativité née de leur histoire d'hommes absents, disparus, naufragés. Elles l'ont soulagée d'une partie de sa tristesse, l'ont délestée d'un poids trop lourd en le partageant pour ne lui laisser que ce qui est encore à peu près supportable. Fanny a décidé de quitter l'île le matin où elle n'a pas eu à essuyer de larmes au réveil, un matin de printemps, en même temps que la brise est retombée. Cette légère brise de fond qui avait pris le relais sur les grands vents d'hiver avait fini par noyer un peu de son chagrin. Le vent hypnotique qui use les humains et qui rend fous les animaux de l'île était parvenu à rendre troubles et lointaines les raisons de sa peine. Elle a alors eu la sensation que l'île l'avait guérie, ou du moins qu'elle l'avait apaisée afin de retrouver juste assez de force pour redémarrer une vie. Telle une mère animale, le vent, les embruns, les tempêtes et le sourire timide de ses voisines de Lampaul avaient léché sa plaie, tous les jours. La blessure était toujours ouverte mais elle ne suintait plus. Elle avait choisi l'endroit idéal où se cacher, une terre où l'histoire des femmes est faite de souffrance, de perte et d'entraide.

Pendant dix-huit mois, l'île l'avait seulement autorisée à déposer sa peine tel un trésor encombrant qu'on enfouit au fond d'un jardin. C'est déjà beaucoup mais ça ne suffit pas pour connaître les secrets d'un territoire mythique. C'est certain, elle reviendra sur l'île. Elle reviendra chez la vieille Roseher. Elle la revoit encore, sa voisine au regard hostile et au dos recourbé, debout dans l'embrasure de la porte d'entrée. Elle avait certainement sonné pour se plaindre en inventant une règle que Fanny, l'étrangère, avait enfreinte dans sa grande ignorance des coutumes ancestrales de l'île. Mais non, elle lui avait simplement tendu un carton, rempli de petites fioles de liquide noir.

— Tous les jours j'te vois dessiner les phares de notre île, ma p'tite, alors peut-être cette encre de Chine te sera plus utile qu'à moi. C'est la mer qui nous l'a offerte il y a cinq ans après un naufrage. Si t'en veux davantage on demandera à Pauline, elle en a pris un carton elle aussi mais c'est comme moi, j'suis sûre qu'elle en fait rien de toute cette encre la Pauline, même pas ses mots fléchés.

Fanny s'était donc mise à peindre, poussée par l'injonction bienveillante mais autoritaire de sa voisine. Elle peignait des taches géantes d'encre de Chine, jetait les gouttes au hasard d'une feuille blanche, parfois avec violence, d'autres fois avec délicatesse. Elle ignorait totalement où elle allait mais elle aimait ça. Le travail terminé, elle cherchait des formes, des symboles, une beauté ou un sens. C'était expérimental mais elle en oubliait les jours qui passaient. C'est à ce moment précis qu'elle a découvert le pouvoir de ses mains occupées qui n'empêchent pas le flot des pensées mais qui les rendent aériennes, comme délestées du poids de la réalité. À Ouessant elle a appris la puissance de la marche et de la peinture, la beauté des abeilles noires aussi, qu'elle avait observées avec fascination pendant les jours de ciel bleu et de mer calme au phare du Stiff. Oui, elle reviendra puisqu'elle commence sa nouvelle vie pas très loin d'ici. Fanny regarde l'heure sur l'affichage électronique du tableau de bord. Elle a rendez-vous dans trois heures à la ferme du Rocher, au nord de Rennes. Une fois engagée sur la quatre-voies, elle règle le rétroviseur intérieur puis allume la radio et c'est sans surprise qu'elle découvre la station préférée de l'ancien propriétaire. Vite changer pour tomber par hasard sur la chanson qui accompagnera son nouveau départ car c'est sûr, de cette après-midi-là sur cette route entre Brest et Rennes, elle s'en souviendra longtemps.

QUATRE ANS PLUS TARD.

— 1 —

Une bouilloire en inox siffle sur un vieux réchaud électrique. La vapeur s'échappe telle une furie qui ne demande qu'à être stoppée mais personne ne bouge. Le sifflement couvre les voix d'une émission radiophonique semblant émettre dans le vide et seul un chien lève un œil endormi pour le refermer bien vite après avoir évalué la non-importance de ce bruit familier. La vapeur d'eau brûlante vient embuer la fenêtre sous laquelle le réchaud est installé. Il semble avoir été déposé là depuis plusieurs décennies, à côté d'un évier de ferme émaillé, marqué de nombreux éclats noirâtres. Ce n'est pas vraiment une cuisine, plutôt un coin d'eau avec une étagère pour la préparation de boissons et d'encas rapides. L'atelier est paré sur toute sa longueur de rectangles de verre encadrés de bois peint en blanc et scellés sur un muret de pierres apparentes. Le lieu respire la vie redonnée. Les travaux de rénovation, Fanny les a faits seule. Piqueter les murs, les enduire de chaux, poser une toiture isolante et installer un poêle à bois pour l'hiver. Jusqu'à dénicher des tomettes de terre cuite dans un vide-maison du village voisin. Le deal était d'emporter le carrelage gratuitement si elle réussissait à le desceller sans l'abîmer. À l'aide d'un pied-de-biche, elle avait passé un week-end entier à soulever les tomettes une à une. Un travail herculéen pour sa maigre carrure, qui se révéla à la fois éreintant et jubilatoire. Elle avait nettoyé à la brosse à dents chaque carreau de terre cuite puis elle avait nivelé le sol en terre battue pour y couler une chape de béton sommaire. Une fois le carrelage posé, la pièce avait retrouvé une esthétique réconfortante. Fanny avait passé six mois à retaper cet atelier abandonné depuis vingt ans. Après tant de travaux, son corps avait lui aussi changé. Sa silhouette était devenue musclée, marquée par une puissance athlétique fine et élancée à la manière d'un Cipriani, le sculpteur des corps heureux dans l'action. Autre nouveauté pour Fanny, le dépassement physique avait chassé les insomnies. Le sommeil, si compliqué depuis quelques années, s'était transformé en léthargie pendant toute cette période de labeur intense. Elle se réveillait alors parfois au petit matin, allongée dans son canapé, perdue, les vêtements sales des travaux de la veille, les restes d'un repas frugal sur la table basse, et la sensation de revenir à la vie après une absence de quelques minutes. L'émergence de ce sommeil comateux la rendait nauséeuse et seule l'odeur du café qu'elle mettait en route la ramenait à la vie et stoppait les larmes de solitude qui montaient toujours dans ces moments de panique silencieuse. Fanny ne buvait que du thé mais l'ambiance matinale des cuisines qui se réveillent lui manquait. Les senteurs rassurantes du café et du grille-pain en marche comme un antidote contre les réveils naufragés.

Le corps de ferme n'avait pas eu besoin de grands travaux, seules les peintures avaient dû être refaites et Fanny se satisfaisait parfaitement d'une absence de charme. De son canapé en cuir de récup, elle avait une vue enchanteresse sur l'allée discrète qui menait chez elle depuis la route départementale. Elle ne se lassait pas de regarder les chênes centenaires, les marronniers cerclés d'herbes hautes et de fleurs sauvages au printemps et les deux saules pleureurs marquant l'arrivée sur une cour bitumée bordée de lavande, de coquelicots, de pervenches et d'asters sauvages. Une fierté passagère l'effleurait parfois lorsqu'elle réalisait qu'elle était chez elle. Dans sa cuisine, elle faisait la vaisselle avec vue sur champs, biches parfois, marcassins souvent. Elle n'avait besoin d'aucune autre décoration.

Fanny avait décidé que la grange resterait elle aussi en l'état. Le seul chantier à prévoir serait de la vider d'une vie de cageots et d'outils que Robert, l'ancien propriétaire, n'avait pas eu le cœur de jeter. Fanny lui avait proposé de faire le vide quand elle avait remarqué le regard perdu du vieil homme sur son existence en mode bascule. Il quittait sa vie à la campagne pour un appartement dans le bourg. Marianne, sa femme, avait fini par le convaincre de mettre en vente leur ferme apicole. Pas de descendance, pas de neveux ou de nièces aimant la vie au vert. La ferme devenait trop difficile à entretenir et Robert n'avait plus la force de soulever ses ruches. Dans le bourg on retrouverait les vieux copains, on irait chercher le pain à pied et on discuterait tous les jeudis midi sur le marché. On serait au courant des morts dc la semaine ou du prochain tournoi de palets à organiser.

— C'est ma femme qui a voulu, avait lâché Robert à Fanny pendant qu'elle explorait le matériel de la grange pour la première fois. Un jour, elle est rentrée du marché avec une brochure en main et son sourire espiègle. Elle s'est mise à me vanter les avantages d'une nouvelle résidence senior qui se construisait près de la salle des associations. Fallait voir ça, elle tenait pas en place, ça faisait longtemps qu'elle avait pas été si gaie Marianne ! Pour moi, c'était l'annonce de notre déclin entre quatre murs blancs. Une résidence senior c'est un immeuble peuplé de vieux avec au rez-de-chaussée des médecins, des kinés, des infirmières et autres incontournables qui remplissent un quotidien quand on a dépassé l'âge de soixante-quinze ans. T'imagines Fanny, ça veut dire que tu te prépares au néant. Et puis elle m'a achevé en me disant que l'idée de finir notre vie au bourg la rassurait. Que si on achetait un de ces appartements adapté à notre âge on ne passerait pas directement de la ferme à la maison de retraite. « J'veux pas de ces mouroirs moi, jamais », qu'elle m'a dit. Et aussi qu'on aurait un balcon fleuri et un jardin collectif en bas de l'immeuble. Elle a conclu en me promettant que j'aurai le droit d'y installer une ruchette, elle est maligne ma Marianne. Alors j'ai fini par accepter à la seule condition d'avoir ma ruche. Je veux la voir heureuse encore quelques années, tu comprends. Et puis je me suis dit que je pourrai peut-être apprendre aux enfants de l'école comment vivent les abeilles avec ma ruchette, peut-être que je serai encore bon à quelque chose finalement là-bas…

Fanny recherchait une ferme apicole à racheter en Bretagne. Elle avait appelé dix jours seulement après que Robert eut déposé une annonce sur immo-rural.com avec l'aide de son voisin Pascal, bien plus jeune et donc bien mieux connecté que lui au monde en ligne. Le couple avait alors accueilli une femme d'une quarantaine d'années, seule et un peu énigmatique à leurs yeux. Fanny sortait d'une formation apicole sérieuse sur l'île d'Ouessant. Elle y avait appris à travailler avec les abeilles noires, celles avec lesquelles Robert avait passé sa vie d'apiculteur. Vives et parfois agressives, elles se révélaient être de bonnes récolteuses grâce à leur grande taille et elles étaient parfaitement adaptées au climat breton avec ses hivers froids et pluvieux. Robert avait été rapidement conquis par une Fanny déterminée et consciencieuse. C'est donc elle qui reprendrait leur ferme. Ils s'étaient entendus pour qu'elle s'installe chez eux pendant un an, le temps que leur appartement en ville soit prêt. Le couple en avait conclu que c'était une femme sans attache mais ils savaient respecter les silences protecteurs. Pendant cette année-là, Robert lui avait montré tout ce qu'elle devait savoir du rucher et de ses alentours. Les champs du voisinage et les méthodes utilisées, les bio, les raisonnables, les pesticidistes acharnés, les élevages bovins intensifs près desquels Fanny ne devait pas installer ses ruches sous peine de voir ses abeilles tomber comme des mouches. Le risque était que les butineuses boivent des eaux croupies et saturées d'un cocktail chimique explosif pour leurs neurones. Il l'avait présentée à chaque voisin agriculteur qui depuis la saluaient avec plus ou moins de chaleur lorsqu'ils la croisaient. Robert lui avait également fait découvrir les bords du canal voisin propice à la rêverie et au butinage de la colonie, les marchés sur lesquels il avait sa clientèle, les techniques de récolte de la gelée royale et la fabrication de bougies à la cire qui complétaient les fins de mois.

C'est dans la grange à l'odeur suave et sucrée que Robert et Marianne avaient stocké une vie entière d'apiculteurs. On y trouvait de vieilles ruches à rafraîchir, des combinaisons intégrales, des enfumoirs et tout le matériel nécessaire à la miellerie : de l'extracteur de miel en passant par le pressoir, le séchoir à pollen et autres outils magiques aux yeux de Fanny. Tout lui appartenait désormais.

Cet hiver, elle avait entrepris de retaper les vieilles ruches de Robert et Marianne après quatre ans d'ajournement. Elle avait bien l'intention d'étendre le rucher et les anciennes hausses allaient retrouver leur utilité. Poncer, vernir, peindre, clouer, rien de difficile mais seule la période hivernale est propice à ce genre d'activité pendant que les ruches semblent endormies. C'est un semblant de sommeil car bien sûr les abeilles ne dorment pas l'hiver. Pendant qu'elle ponce, vernit ou cloue de nouveaux nids pour ses travailleuses infatigables, Fanny les imagine en pleine action. Les ouvrières forment un cercle contracté autour de leur reine, elles frétillent de tout leur corps et les vibrations intenses maintiennent la température idéale afin que leur reine féconde puisse survivre à la froidure hivernale. C'est grâce au miel qu'elles ont stocké pendant l'été et dont elles se nourrissent pendant l'hivernage qu'elles puisent leur énergie pour vibrer en chœur et garder une température de trente degrés au centre de la ruche où dort la reine. Fanny aime faire le tour de ses ruches en hiver. Elle écoute leur frissonnement intensif qui réchauffe la reine. Un vrombissement rassurant. Tant que les ouvrières travaillent, le rucher vit.

Aux premiers rayons d'un soleil encore timide, ses abeilles noires commencent à sortir. Les plus âgées sortent en claudiquant pour aller mourir seules tandis que les plus jeunes des butineuses sortent en éclaireuses.

Ce n'est pas encore l'heure du grand butinage mais quelques fleurs précoces comme celles des pommiers sauvages longeant le canal leur fourniront un peu de pollen pour nourrir une reine qui s'est remise au travail. En observant ses abeilles, Fanny constate que ce sont des mères absolues, toujours préoccupées de l'avenir du nid. La reine, à l'inverse, l'apicultrice l'imagine comme une grande adolescente nonchalante qui se laisse vivre. Ce sont les nourrices, les nettoyeuses, les architectes, les gardiennes, les butineuses et les ouvrières qui élèvent les milliers de larves. La reine, elle, ne sortira qu'une seule fois de la ruche pour se faire féconder par un ou plusieurs faux bourdons, elle rentrera sagement et passera sa vie à se faire nourrir de gelée royale et à pondre ses larves. Mais Fanny a appris à ne pas juger trop vite cette reine lascive qui fait partie de l'organisation collective de la colonie dans laquelle chaque individu est indispensable. Les ouvrières œuvrent à la survie des larves mais sans reine, pas de larves d'abeilles. C'est un microcosme à l'équilibre fragile qui renvoie Fanny à son extrême solitude. Elle n'avait pas anticipé la possibilité que des insectes forment un miroir grossissant de ce qu'elle avait perdu. Aucun besoin d'organiser, de planifier, d'anticiper ou de prévoir pour la survie familiale lorsqu'on vit seule. Après leurs premières sorties printanières, Fanny laisse un peu de temps à ses abeilles pour se reconnecter à la campagne environnante. Elle surveille toutefois que toutes ses ruches se réveillent tranquillement et que les reines sont bien sorties de leur diapause hivernale. Si la reine n'est plus, Fanny s'en aperçoit très vite au bourdonnement que font les ouvrières dans l'essaim, un grondement sourd indique que les abeilles ont été abandonnées. Il lui faudra alors aider les orphelines à se faire adopter par une autre colonie. La vraie crainte de l'apicultrice à cette période de l'année, c'est le silence total. Le pire serait de découvrir un essaim vide. Elle n'a jamais vécu le grand silence mais elle entend parfois ces histoires affolantes d'abeilles disparues et redoute l'ouverture de ses ruches à chaque début de printemps. Elle éprouve d'ailleurs un plaisir euphorisant à la douleur de la première piqûre de la saison lorsqu'elle ouvre une ruche un peu trop vite en oubliant l'enfumage dissuasif.

Seul son atelier attenant à la grange et qu'elle rejoint tous les matins en traversant la cour a bénéficié d'un soin particulier. Fanny l'a su dès son arrivée à la ferme, c'est ici qu'elle passerait la plus grande partie de ses journées. C'est près de son poêle à bois qu'elle vient se réchauffer l'hiver après ses bricolages dans la grange. C'est là qu'elle lit, peint, écoute la radio. Elle ne rentre à la ferme que pour dîner et dormir. C'est aussi dans son atelier qu'elle a aménagé sa « fabrique à reines ». Elle a installé sa table d'insémination dans l'angle non vitré de la pièce pour protéger les larves des rayons du soleil auxquels elles sont sensibles. Sous la lampe à lumière blanche qui reproduit la luminosité tamisée de la ruche, Fanny a placé un support réglable qui lui servira à poser le cadre garni d'embryons d'abeilles. Dans un coin de la table géante, un bac en osier déborde de cupules en cire, reproductions artificielles de cellules royales, et un porte-crayon métallique est saturé d'aiguilles de greffage de différentes tailles avec lesquelles elle prélèvera les larves. Dans un recoin derrière son bureau, elle a installé sa couveuse à reines, vieux réfrigérateur bricolé dans lequel elle déposera les barrettes de cupules gorgées de futures reines.

Aujourd'hui c'est le début de la période intense d'élevage après l'ennui de l'hiver. Avril est un mois propice. La reine a déjà pondu beaucoup de larves, Fanny pourra amputer la ruche d'un couvain qu'elle rapportera à l'atelier. Elle y prélèvera des embryons de vingt-quatre heures qui deviendront de futures reines grâce à ses soins méticuleux et à la gelée royale des nourricières. Elle a longuement hésité à démarrer cette activité d'élevage de reines. Les histoires d'abeilles sont dignes des contes ancestraux, c'est comme une légende qu'elle observe au quotidien. Oser mettre sa main de géante dans la magie d'un écosystème complexe et totalement maîtrisé depuis des millénaires n'est pas un geste anodin. Mais les lectures de rapports vétérinaires sur la fragilité croissante des reines d'abeille l'ont convaincue. Les reines meurent aujourd'hui plus vite et la qualité de leurs larves est parfois moins bonne après seulement deux années de ponte. Elle s'est alors formée seule à l'aide de livres et de vidéos mais il lui a fallu deux ans de pratique pour maîtriser une activité minutieuse et exigeante. Elle envoie aujourd'hui ses robustes reines noires partout dans le monde et améliore ainsi ses fins de mois compliquées en espérant participer à la sauvegarde de ces créatures industrieuses dotées d'une fine intelligence.

Fanny est installée à sa table d'élevage pendant que l'eau continue de bouillir. Elle l'entend et regrette d'avoir mis en route la préparation d'un thé quelques minutes plus tôt. Elle sait pourtant qu'une fois lancée, il est difficile de suspendre son geste. Elle se souvient avoir allumé le feu sous la bouilloire dans un geste automatique après avoir rempli chaque cupule d'une goutte de mélange de gelée royale et d'eau de source pour accueillir en douceur les minuscules larves dans leurs cellules artificielles. Aiguille de picking dans la main droite, dos voûté vers le cadre de couvain, lampe frontale à quelques centimètres des alvéoles de la grille, main gauche tenant la barrette de treize cupules posées sur le bureau. Ride verticale entre les sourcils, nez retroussé, grimace méditative avec langue qui pointe sur des lèvres boudeuses, la concentration est totale. Pendant qu'elle prélève les larves dans les cellules, Fanny s'immerge parfois dans les souvenirs d'enfance. Deux gestes se superposent. Fanny adulte qui plonge son aiguille dans l'alvéole construite par une abeille, Fanny enfant qui enfonce des allumettes de différentes couleurs dans les alvéoles d'une grille en plastique pour reproduire des modèles plus ou moins compliqués. Le *Coloredo*, jeu d'un autre siècle qu'elle avait retrouvé au fond d'un placard chez ses grands-parents, idéal pour occuper une petite fille unique sage et rêveuse. Il y a aussi les cupules que Fanny associe au bonbon rouge à lèvres. Cette sucrerie dure et acide en forme de tube à lèvres qu'elle suçait pendant des après-midis entières, allongée sous le cerisier bourdonnant ou devant *Récré A2* en rentrant de l'école. L'image concorde parfaitement. Tout comme lorsqu'elle jouait au *Coloredo*, Fanny oublie le temps et tout ce qui l'entoure lorsqu'elle est face à sa grille. Elle ne sent plus les démangeaisons qui l'empoisonnent d'habitude dans le creux des bras et derrière les genoux. Elle pourrait prélever des larves à la chaîne pendant des heures mais elle se promet d'aller éteindre la bouilloire rageuse à la fin de cette rangée de cupules.

— Ginka, pourquoi je ne t'ai pas dressée à faire le thé ? Il faudrait peut-être que je t'apprenne.

L'animal remue mollement la queue en signe d'écoute et se contente d'émettre un soupir de satisfaction avant de replonger dans l'abandon d'un plein sommeil.

Fanny se résout enfin à relever sa lampe frontale pour aller éteindre la bouilloire. Elle revient vers son bureau, un thé chaud à la main. Elle remarque alors une camionnette bleue de chantier faisant demi-tour dans la cour. Elle n'a pas le temps de voir le visage du conducteur mais elle remarque une gourmette qui brille à son poignet gauche pendant qu'il manœuvre. Une erreur certainement. Et Ginka qui dort, sereine et magnifique.

— Quel bon chien de garde ! Comment fais-tu pour t'endormir en un centième de seconde toi ? J'aimerais que tu me racontes un jour.

Fanny retourne vers sa tâche répétitive et apaisante. Elle fait redescendre la lampe sur son front d'un geste déterminé et s'installe sur son tabouret ergonomique, la seule folie marchande qu'elle s'était accordée pour fêter son nouveau métier d'éleveuse de reines.

— 2 —

Fanny marche tous les jours le long du canal, Ginka sur ses talons, dans ses mollets ou à hauteur de main pour une caresse. Elle marche pour contrer l'angoisse diffuse et trouble qui accompagne le crépuscule, cette panique gluante et molle anéantissant toute velléité de résistance. Ce malaise obscur avait commencé à l'envahir quelques semaines seulement après le départ de Robert et Marianne. La solitude peut-être, un nouveau monde à apprivoiser, la tâche physique intense qui l'attendait dans un climat de recluse ? Seule certitude, cet état d'effondrement interne se déclenchait lorsque les ombres commençaient à dominer la clarté du jour.

Fanny n'avait jamais ressenti cette humeur changeante annonçant l'arrivée de la nuit mais elle l'avait déjà observée chez les patients Alzheimer qu'elle soignait lorsqu'elle était encore infirmière au centre hospitalier de Courbevoie. Ils étaient très agités le soir, agressifs parfois, voire complètement déboussolés. Ils cherchaient à s'enfuir par tous les moyens ou tenaient des propos incohérents sur des menaces en tout genre. Elle sentait que ce besoin de fuir était une question vitale pour eux. Cette agitation déconcertante était anticipée par des doses indécentes de calmants pour compenser le manque de personnel, d'écoute, d'argent, de temps. Voilà comment le service de gériatrie contrait l'anxiété extrême de patients affaiblis. Une forte dose de chimie pour soigner rapidement les pathologies classiques de l'âge et des anxiolytiques pour les calmer et les renvoyer le plus vite possible vers les maisons de retraite spécialisées. L'hôpital ne gère pas le désarroi. À cette époque, Fanny revenait de son congé maternité. Elle avait ainsi pu remarquer la ressemblance troublante entre la détresse des Alzheimers et l'angoisse vespérale de son fils lorsqu'il était nourrisson. 18 heures, l'heure des pleurs inexpliqués qu'on ne calme jamais complètement. Bains chauds, patience face à l'adversité, bras réconfortants, berceuses soufflées dans l'oreille, rien ne fonctionne vraiment. Comme une réaction de peur organique au jour qui s'achève, à l'entrée dans la nuit comme on avancerait vers la mort. Fanny a tout de suite reconnu cette terreur viscérale lorsqu'elle a commencé à la vivre mais était-ce vraiment la même ? Peut-on avoir quarante-deux ans, être au milieu de son existence et partager la même angoisse qu'un bébé ou une personne en fin de vie ?

Elle est crasse, cette mélancolie, car trop floue pour être combattue. Elle a longtemps pensé qu'elle ne réussirait jamais à lutter contre cette nausée du soir. Seuls les verres de chablis avalés avec une bonne dose de Myolastan la menaient vers l'oubli. Un oubli à tendance suicidaire qui ne résolvait rien mais qui la faisait tenir même si l'équilibre était précaire.

Jusqu'à l'apparition de Ginka.

Après six mois de soirées solitaires occupée à trouver le meilleur cocktail qui pourrait l'aider à couper le circuit des ruminations et des angoisses, elle avait été réveillée en pleine nuit par une plainte animale. Elle ne parvenait pas à reconnaître les gémissements mais ils avaient été assez forts pour la sortir de sa narcose de plomb. Un coup d'œil difficile au réveil, il était 5 heures. Les gémissements semblaient proches. En ouvrant les rideaux de sa chambre à l'étage, Fanny avait rapidement repéré d'où venaient les pleurs grâce au clair de pleine lune. Un chien blanc à l'allure lupoïde était attaché au grand figuier de l'autre côté de la cour. Il avait dû tourner longtemps autour du tronc car la corde n'avait plus de lest. Passé l'effet de surprise, c'est l'inquiétude qui commençait à poindre. Elle ne pouvait pas le laisser pleurer mais sa peur panique des chiens l'empêchait de courir le libérer. Elle attendit une heure décente pour appeler Pascal, son voisin le plus proche qui la dépannait parfois lorsque des outils lui manquaient. C'est en attendant son arrivée que Fanny fit réellement connaissance avec l'animal abandonné. Une rencontre par le regard uniquement. Elle l'observait de l'intérieur, derrière la vitre du salon. Il s'était allongé en l'implorant de ses yeux fatigués et inquiets. Il apprivoisait et domptait à distance cet humain craintif, c'est ce que Fanny était en train de conclure lorsque son sauveur arriva. Pascal détacha tout de suite la bête reconnaissante. Queue qui remue, aboiement joyeux, Fanny souriait. Elle enviait la facilité avec laquelle Pascal approchait l'animal, simplement, naturellement. Il lui fit signe de le rejoindre mais elle refusait de sortir. Il insista en lui criant qu'il tiendrait le fauve en laisse mais qu'elle devait absolument venir faire la connaissance du chien qui semblait bien lui être attribué de force.

— Regarde, c'est une femelle, c'est marqué sur son collier, elle s'appelle Ginka. Encore une que des connards ont payée une fortune avant de se rendre compte qu'un chien ça court, ça perd ses poils et ça coûte un bras si on lui donne des croquettes de chez le véto. Bordel ça me fout la gerbe ça. Et encore, elle a de la chance ils devaient pas être des trop gros connards, ils l'ont pas abandonnée dans la forêt. Va falloir que tu t'habitues à elle parce que tu peux pas refuser, c'est un berger blanc suisse ça. Je te promets, c'est des chiens au poil.

— Ah ouais merci Pascal, très drôle. Mais moi je peux pas, j'ai trop peur. Il faut que tu l'emmènes chez le vétérinaire, même ça je suis incapable de le faire, je te jure que je suis un boulet côté canin.

— O.K., mais tu m'accompagnes.

Dans le camion, Ginka s'est allongée aux pieds de Fanny et est restée immobile pendant tout le trajet, récupérant certainement d'une nuit épuisante. Arrivés dans la salle d'attente du vétérinaire, elle a posé la tête sur les genoux d'une Fanny tétanisée, sous les yeux rieurs de Pascal toujours attentif. La chienne avait fait son choix, l'humaine se laissait doucement amadouer. Le vétérinaire décida de garder l'animal en observation pendant une semaine et Fanny se surprit à venir tous les jours prendre des nouvelles. La rencontre était scellée.

Depuis son adoption, Ginka s'agite tous les jours autour de sa maîtresse en aboyant nerveusement vers 17 heures, signe d'une envie impérieuse de se dégourdir les pattes. Fanny l'avait d'abord vécu comme une contrainte. Cette balade forcée la coupait de son activité dans laquelle elle s'absorbait jusqu'à l'épuisement mais elle s'était finalement révélée être le contrepoison parfait à ce début de mélancolie. Sa chienne l'avait invitée à quitter sa routine professionnelle pour rejoindre une nature à la fois enivrante et hypnotique. Fanny avait alors progressivement associé la marche à un remède souverain et ne ressentait plus autant le besoin de se poivroter tous les jours à partir de 18 heures.

Elle se gorge donc chaque soir de l'envoûtement aérien des arbres, du calme imposé par le canal orné de chênes et de hêtres centenaires, les roseaux frémissants, les talus dominés par le jaune de la molène et le mauve du gléchome, toutes ces fleurs rustiques offrant un décor de verdure lumineux, typique de cette première semaine d'avril quand la nature commence à frémir. C'est ainsi que Fanny a découvert la grammaire fauve, cette sagesse primitive glorifiée par les transcendantalistes américains. C'est un langage qui traduit une connaissance instinctive et obscure. La joie retrouvée au contact de la nature indomptée et lénifiante. Elle l'avait fortement désiré cet état de plénitude fugitif qu'elle effleure enfin depuis son installation à la ferme du Rocher. De ce contact avec la nature brute émerge parfois le souvenir des touches de fragilité sauvage qu'elle avait pu observer et ressentir dans sa vie d'avant. La voix de Beth Gibbons qu'elle écoutait pendant ses trajets de RER entre Paris et Courbevoie, le regard d'une patiente inquiète lorsqu'elle entrait dans la chambre pour lui faire les soins quotidiens afin que l'infection ne s'étende pas, les yeux baissés d'une jeune fille à l'arrêt de bus effrayée par les remarques graveleuses d'un groupe d'ados bidons. Des signes de cette fragilité sauvage, elle en avait vu toute sa vie et tous les jours, mais ceux que la nature lui offrait aujourd'hui avaient l'effet d'un baume puissant. Au début de sa vie de marcheuse, Fanny avait suivi les chemins de halage le long du canal mais elle s'était vite lassée et elle avait fini par explorer les sentiers de traverse pour se perdre et marcher des heures et des heures sans ressentir la moindre fatigue. La tête pleine de pensées vagabondes, une euphorie tranquille.

Aujourd'hui elle n'a pas le temps de se perdre, trop de travail l'attend. Les reines d'abeille ne patientent pas pour éclore, c'est la pleine saison qui commence et Fanny s'en réjouit. La campagne fleurissante est le signal que ses abeilles vont bientôt sortir de leur silence hivernal. Elle doit déplacer certaines de ses ruches pour des miellées plus abondantes, et seule, c'est un travail physique harassant. Alors ce soir, elle reste sur les bords du canal. Arrivée au niveau de l'écluse du Fresne, elle remarque la Péniche Spectacle à quai et toute une équipe s'agitant autour de la passerelle en teck. Une envie de fête et de terrasse ensoleillée est palpable. Fanny connaît bien L'Arbre d'Eau, c'est le seul lieu culturel qu'elle fréquente depuis qu'elle est arrivée ici. La péniche navigue sur le canal d'Ille-et-Rance et s'arrête aux écluses acceptant de l'accueillir pour quelques jours. La vie culturelle vient ainsi vers ceux qui n'ont plus envie de l'excitation urbaine. L'Arbre d'Eau est facilement reconnaissable avec sa marquise rouge écarlate. Ce que Fanny aime surtout sur cette péniche c'est lorsqu'elle passe l'accueil avec son ticket d'entrée en main et qu'elle écarte alors le lourd rideau de velours noir s'ouvrant sur une salle de spectacle insolite. La cale trapue et basse de plafond aménagée en petit opéra sans paradis ni corbeille est un bijou baroque. Les nuances cramoisies de fauteuils à l'étoffe élimée et le concert de grincements produit par des articulations d'assises vieillissantes confèrent à ce théâtre nomade un charme suranné. Jauge de quarante personnes et premier rang à cinquante centimètres de la rampe, scène étroite et pas de coulisses. Seules quatre lampes viennent éclairer des artistes qui jouent sans filet lorsqu'ils acceptent de se produire dans cette salle de spectacle fluviale. Fanny rappelle Ginka qui s'ébroue de plaisir autour de l'équipe technique, elle sourit de la sociabilité insatiable de sa chienne contrastant tellement avec le caractère discret et solitaire de l'humaine qui l'accompagne.

Sur le quai opposé à celui de la péniche, Fanny aperçoit Suzanne, la patronne du bar de l'Écluse. Elle est occupée à nettoyer les tables de la terrasse de son café pour accueillir des clients sortis eux aussi de leur hibernation. Fanny la laisse à sa tâche sans la rejoindre mais la simple vue de cette femme l'apaise. Un visage connu, sensation de ne pas avoir passé une journée complètement seule. Elle tente d'associer cet affairement à l'annonce heureuse de la saison douce mais cette agitation humaine qui signe le début précoce d'un printemps beaucoup trop chaud a comme un goût d'erreur. Fanny sent alors ses angoisses du soir aux portes de sa conscience.

Elle aimerait avoir envie de terrasse, de bière ou de vin, de musique et de rires. Mais le soleil printanier lui renvoie sa solitude forcée et sa sensation de malaise. La beauté de la lumière la rend triste. La marche a ceci d'ambivalent qu'elle stimule la pensée tout en apaisant les idées noires et les ruminations. Ce soir les idées noires sont plus puissantes que les endorphines, le soleil vient les titiller de trop près.

Voilà ce qu'elle pense Fanny lorsque le courage de lutter contre un état de désolation intérieure la lâche un peu. Elle sait qu'elle marche pour ne pas se saouler tous les soirs au bar de l'Écluse, elle marche et elle travaille sans relâche à l'élevage de ses reines d'abeille pour ne pas boire jusqu'à sombrer. Elle se libère l'esprit de toute noirceur dans le sauvage de la nature. Elle s'est d'ailleurs préparé une playlist pour la marche. Toutes les musiques qu'elle a sélectionnées ont le même tempo que ses pas, rapides et constants. Mais aujourd'hui elle préfère le bavardage des oiseaux et le silence des arbres. Elle se surprend aussi parfois à siffloter des airs joyeux quand elle est absorbée par une tâche manuelle, des cadrans à gratter, une ruche à repeindre ou des outils à trier.

Il est d'ailleurs temps pour elle d'aller observer les larves d'abeille dans leurs cupules de cire. Fanny a hâte de découvrir si les ouvrières les ont nourries de gelée royale pour qu'elles deviennent princesses du royaume avant de pouvoir régner sans partage. Elle sait que ce sera le meilleur moment de sa journée. L'observation et l'écoute de ce qui se passe dans ses ruches au début du printemps sont captivants. C'est le moment de la renaissance, un bourdonnement qui se transforme en chant. L'activité débordante des ouvrières qui s'activent avec acharnement et détermination pour la survie de la colonie a quelque chose d'exaltant et de réconfortant pour celle ou celui qui s'en occupe. Fanny accélère le pas et se met à courir en direction de la route qui mène à sa ferme.

— Ginka, hé Ginka viens ma belle, allez on rentre.

— 3 —

Une bulle d'eau déposée au pinceau sur du papier aquarelle 320 grammes. Le geste est assuré. Fanny prend la feuille entre ses mains et l'oriente de droite à gauche à la manière d'un tamis que l'on manipule pour découvrir la pépite d'or. L'eau s'étend sur la page. Elle utilise son doigt si le liquide est paresseux et arrête son mouvement lorsque la bulle forme une tache engageante. Elle aime la sensualité de ce geste. Le grain du papier aquarelle sous le liquide froid est doux et apaisant mais elle préfère lorsqu'elle n'a pas besoin d'intervenir car ce qu'elle aime c'est le jeu du hasard. Elle trempe ensuite son pinceau dans le flacon d'encre de Chine et dépose une première goutte noire dans un coin de la tache qui l'attire. Elle observe la place que l'encre va prendre sur l'eau, à quel point elle va se diluer. Elle en rajoute si le contraste lui paraît trop timide et renouvelle le procédé sur différents endroits de la tache. Puis elle observe. À chaque goutte sombre qu'elle dépose, elle aspire le surplus à l'aide d'une seringue à aiguille creuse. Au moment de l'aspiration, les particules d'encre se comportent toutes différemment, elles s'étirent ou se replient. C'est un travail dominé par l'observation de l'imprévisible et de l'accident, une recherche abstraite. Fanny guide les bulles, les taches et les coulées. Ce sont les disparités et le résultat aléatoire qui l'intéressent. Parfois une forme l'émeut, la fascine. Pas d'odeur, pas de bruit, c'est une expérience méditative et jouissive lorsque tout concorde vers un travail réussi, émouvant et vivant. C'est aussi un apprentissage de l'échec et de la patience empreint de grande liberté. Les limites sont uniquement celles qu'elle se fixe et celles que le contexte lui impose. Tout se joue au début, lorsqu'elle dépose l'eau sur la feuille. Un courant d'air, des doigts qui tremblent de froid ou d'appréhension, une chaleur qui rend les mains moites, et la bulle s'adaptera. Cette activité minutieuse ressemble à celle des larves qu'elle prélève dans le couvain. Elle retrouve les mêmes gestes, une même précision à respecter, jusqu'aux ustensiles qui se ressemblent. La main, tel un chef d'orchestre, qui laisse ensuite la nature faire son œuvre. La sororité de ces deux activités comme une évidence.

Aujourd'hui, Fanny peint en attendant l'arrivée d'une nouvelle stagiaire. Elle s'est réveillée trop tôt sans pouvoir retrouver le chemin d'un sommeil dont elle a pourtant besoin. Elle s'est levée, a enfilé son bleu de travail délavé et trop large, puis elle a retrouvé ses vieilles Caterpillar en bas de l'escalier grinçant où s'installe Ginka tous les soirs sur son tapis usé et plein de ses poils blancs. Ginka a compris bien vite qu'il était temps de se lever si elle voulait suivre sa compagne humaine. Direction les ruches au pas de course. Comme une urgence de vérifier que tout allait bien et que ce réveil trop matinal n'était pas dû à un pressentiment. Après s'être rassurée en entendant la colonie au travail, Fanny n'est pas revenue plus légère pour autant. Impossible de se concentrer, absence d'appétit, besoin de mouvement, ce matin elle n'arrivait pas à calmer cette agitation et avait peur d'abîmer ses larves si elle s'installait à son bureau. De retour à l'atelier avec son thé à la main, l'envie de peindre s'est imposée. C'est seulement au moment de sortir son matériel qu'elle a compris d'où venait cette fébrilité matinale. L'arrivée de sa nouvelle stagiaire était une intrusion dans son quotidien et cela la rendait nerveuse.

Aucun dessin ne lui plaît, elle les jette tous les uns après les autres. Seul le dernier la satisfait un peu. Elle l'accroche à l'aide de pinces à dessin sur un fil à sécher qu'elle a fixé dans le fond de la pièce, à l'abri des regards et du soleil. Il rejoint une dizaine d'autres œuvres qui ont gagné la faveur de Fanny. Une faveur toujours en demi-teinte bien sûr, pas d'enthousiasme débordant mais la satisfaction d'un travail abouti. Sur ce dernier dessin, elle devine un tronc d'arbre avec un nœud creusé en son centre. Elle aime imaginer un pic vert martelant l'arbre de son bec acéré et se dit qu'une colonie d'abeilles pourrait bien essaimer dans ce tronc. Chaque tache est évocatrice, un objet, un paysage, un animal, une émotion. C'est à ce seul titre qu'une production obtient le droit d'aller sécher sur le fil.

Fanny entend une voiture se garer dans la cour de la ferme. Ginka aboie joyeusement comme à chaque fois que quelqu'un arrive. Elle est l'opposé d'un chien de garde, trop heureuse de se frotter au monde. Il est temps pour Fanny d'aller accueillir son étudiante en apiculture. Elle passe ses mains sous l'eau et les frotte à la savonnette pour les rendre présentables. Elle prend son temps à la manière d'une chirurgienne qui se désinfecte avant une intervention délicate. Elle n'a aucune envie d'aller à la rencontre de la jeune fille qui attend dans la cour. Elle s'essuie les mains et en profite pour se regarder dans le miroir. Mine défaite, cernes et cheveux en bataille comme toujours. Seul son teint lui envoie un signe positif, le bénéfice du travail physique en plein air. Elle doit y aller, elle ne peut plus reculer ce moment de la rencontre. Sourire, tendre la main, souhaiter la bienvenue. Cela lui paraît au-dessus de ses forces mais elle se soumet à l'épreuve. Elle sait qu'elle est légèrement ridicule de redouter ce moment mais il est difficile de renoncer à une solitude devenue quotidien rassurant.

— 4 —

Fanny referme la porte de l'atelier et se dirige vers la stagiaire, le regard baissé sur ses chaussures de marche défraîchies et les mains dans les poches. Ginka est déjà conquise par les caresses de l'inconnue qui se tient un genou à terre, visage à hauteur d'animal. Fanny se rapproche et tend une main raide. La jeune fille sourit et se relève avec entrain. Cet élan répand une onde de chaleur et de vitalité venant troubler l'approche hésitante et réservée de l'apicultrice.

— Bienvenue à la ferme du Rocher, vous devez être Angora. Vous avez trouvé facilement ? Un café ? Je vous propose un café avant de vous montrer le rucher, ça vous va ? Vous me suivez ?

Sourire forcé, gêne palpable, Fanny tâtonne dans le rôle de celle qui accueille pendant qu'Angora affiche un sourire réjoui et un œil attentif à tout ce qui l'entoure.

— C'est beau chez vous quand on arrive, ça a un côté romantique.

— Ah oui vous trouvez ? Romantique ? Carrément ?

— Oui enfin, c'est joli quoi et champêtre aussi. Romantique dans le sens de nature tranquille qu'on a envie d'admirer pendant des heures sans rien faire d'autre. Vous voyez ce que je veux dire ?

— Je crois que je vois très bien oui, sourit Fanny.

Elle accélère le pas vers la ferme, épaules rentrées et toujours mains dans les poches, elle sait que Ginka se charge de mettre à l'aise la petite nouvelle en lui tournant autour joyeusement. La porte d'entrée s'ouvre sur un vestibule aux murs nus et blancs. Seule une photo en noir et blanc est punaisée au-dessus du vieux radiateur en fonte. Deux personnes en combinaison intégrale derrière des rangées de ruches comme des cabanes miniatures. On distingue mal leurs visages derrière le voile de leurs masques. Fanny remarque le regard d'Angora.

— Ce sont les anciens propriétaires sur la photo, Robert et Marianne, à qui j'ai acheté le rucher. Ils ont démarré l'activité apicole dans les années soixante-dix et cette photo a été prise le jour de leur première récolte. J'avais envie de les garder un peu avec moi.

— Vous êtes installée ici depuis longtemps ?

— Non, ça fait quatre ans, et trois ans sans eux. Ils sont restés pendant un an pour me montrer le domaine et certaines de leurs techniques. En même temps je crois bien qu'on continue à apprendre tous les jours dans ce métier. Les abeilles sont une source d'observation et de recherche inépuisable, vous verrez.

Angora suit Fanny dans le salon, tout aussi froid que l'entrée si ce n'est ce parfum musqué mêlé à un subtil cocktail d'épices orientales, cumin, coriandre et cannelle peut-être. Le parfum mordant mais subtil est celui de Fanny, la jeune fille l'a senti lorsqu'elle lui a serré la main. Ce mélange aromatique singulier et envoûtant contraste avec l'austérité du lieu. Il désoriente totalement la jeune fille pendant que son hôte l'invite à s'asseoir dans un canapé en velours marron qui semble vouloir l'engloutir tout entière si elle ne prend pas garde à rester bien au bord, sur la barre d'acier.

— Installez-vous, je vais chercher du café.

— Je… je ne bois pas de café, je n'aime pas ça en fait.

— Ah oui, pardon. Oui moi non plus… Un thé plutôt ?

— Oui, merci.

Angora entend l'eau qui bout et les tasses qui s'entrechoquent. Elle en profite pour détailler l'endroit. Elle ne trouve pas le mot juste mais, confort, cocooning, foyer réconfortant, c'est un peu l'opposé de tout ça qui ressort de la pièce. Le vide d'une vieille table basse en céramique, un rocking-chair d'époque seventies repoussant toute envie de s'y lover de peur de se faire embrocher l'arrière des cuisses par les tiges d'osier cassées, un parquet décoloré par le soleil et les zones de passage intensif, pas de télévision, pas de plantes ni de décorations murales. Rien qu'un ordinateur portable sur une petite table en bois près de la fenêtre donnant sur la cour et une guitare posée sur son trépied à côté de la cheminée en pierre. Il est faux de dire qu'il n'y a aucune décoration, Angora remarque deux dessins d'enfant encadrés au-dessus de l'ordinateur. Une espèce d'abeille géante, très jaune et très velue aux antennes disproportionnées et posée sur une marguerite multicolore ainsi qu'une représentation naïve d'une fleur insectivore rouge marbrée de vaisseaux violet et vert. Seule la vue sur la cour, qu'elle avait trouvée tellement romantique en arrivant, fait oublier la sévérité du lieu. La stagiaire soupçonne Fanny d'être seulement de passage ou de ne pas vraiment vivre ici, un ascétisme pareil ne se prête pas du tout à des soirées festives, des rires et de la joie. Il est impossible que l'apicultrice organise des fêtes chez elle tous les week-ends et Angora comprend que les quatre mois à passer ici risquent d'être longs, une aubaine qu'elle rentre dormir chez elle tous les soirs. Et puis la gêne. On dirait que cette femme n'a reçu personne depuis des années, mais Angora a vu aussi le sourire esquissé. Quand Fanny sourit son visage ne dit plus la même chose, comme si cela lui était interdit et qu'elle se surprenait à savoir encore le faire. Drôle de femme. Une ourse dans sa tanière. Vu sa carrure, une belette ou une fourmi plutôt. Une douce sauvage qui s'est retirée du monde, c'est à cela que Fanny lui fait penser.

— Voilà. Désolée je n'ai qu'une sorte de thé, je suis assez routinière j'avoue… Thé au jasmin, ça ira ?

— Oui c'est parfait, merci. Vous jouez de la guitare ?

— Non.

Le silence qui suit ce non radical met Angora dans un état de tension imprévu. Elle aimerait que Fanny vienne interrompre le malaise en lui expliquant la présence de cette guitare dans son salon si elle n'en joue pas. C'est ce qui se fait habituellement, histoire d'entretenir un début de conversation mais Fanny garde un silence distant tout en servant le thé. Alors Angora ravale l'autre question qu'elle avait préparée au sujet des dessins d'enfant et se lance plutôt dans l'explication du contenu de ses études d'apiculture qu'elle suit à Auray sur le site du lycée Kerplouz : du rucher-école aux formateurs passionnés et passionnants en passant par les différents modules plus ou moins intéressants. Elle s'attarde plus longuement sur celui dédié à l'élevage des reines.

—Voilà pourquoi je vous ai envoyé ma candidature, c'est votre activité d'élevage qui m'intéresse le plus.

— O.K., alors il faut commencer par regarder une vidéo.

Fanny se lève pour aller chercher son ordinateur portable. Elle pianote sur le clavier sans voir le regard incrédule d'Angora qui se dit que cette Fanny est un véritable ovni. Elle s'attendait à ce qu'elle lui montre d'abord la réalité du terrain.

— Regarde et écoute bien surtout. Ça s'appelle le chant des reines. Tu entends ce son strident et puissant ?

— Oui, on dirait le chant d'une baleine. C'est la première fois que je l'entends et personne ne nous en a jamais parlé pendant la formation. Ça correspond à quoi ce chant ?

— Eh bien cette reine qui vient d'éclore chante sa naissance triomphale, elle prévient les autres princesses encore enfermées dans leurs cocons, qu'elle est née. Tu penses à une baleine, pourquoi pas. Moi j'entends le son d'une cornemuse. Ça me plaît bien cette ressemblance d'ailleurs. La cornemuse est un instrument de guerre et la jeune reine vient annoncer la mort en même temps que la vie. La guerre entre les reines est déclarée.

— Oui je connais cette guerre sororicide mais je ne savais pas que la reine venait l'annoncer avec un chant…

— Elle vient dire aux autres qui sont prêtes à naître qu'elle les attend pour la mise à mort. Il n'y a qu'une reine dans la ruche, ça, tu le sais, et elle vient les avertir que la reine, c'est elle. C'est donc un chant de vie et de mort. Les princesses qui n'ont pas encore éclos mais qui entendent le chant de la nouvelle reine, répondent en chœur pour annoncer leur présence. Tu les entends ? Leurs réponses ressemblent à des notes flûtées mais agressives. Vois-tu comment chante la reine ? Elle relève son abdomen et fait vibrer tout son corps, ce sont les vibrations qui produisent le son. Son arme est aussi son instrument de musique, c'est fascinant. Le visage, les bras, le corps tout entier de Fanny s'éveillent. Angora remarque un changement soudain dans son attitude. Elle est rassurée, sa maîtresse de stage est donc bien vivante et elle peut parfois être traversée d'une certaine chaleur. Fanny poursuit avec enthousiasme.

— Cette sonorité produit en moi le même effet que celui de la cornemuse. C'est mortifère et beau à la fois. D'ailleurs en faisant quelques recherches, j'ai découvert que pendant la Première Guerre mondiale, des soldats écossais sont venus se battre contre les Allemands dans les tranchées. Sur les champs de bataille ils étaient toujours accompagnés de leur cornemuseur qui ne s'arrêtait jamais de jouer, même touché par des balles ennemies. Il galvanisait les troupes au risque de sa vie. Les Allemands appelaient les Écossais les « dames de l'enfer » à cause de leurs kilts et de leur musique qui t'attrape les tripes et qui ne s'éteint qu'après la bataille. Dame de l'enfer, ça irait bien aussi à cette nouvelle reine qui vient annoncer la mise à mort des autres par une attaque sans relâche.

— Je n'arrive pas à comprendre la violence de leur naissance. Pourquoi ne s'entraident-elles pas plutôt ? Pour moi, la ruche c'est le symbole de la solidarité et du partage pour le bon fonctionnement de la colonie, pas celui du déchaînement de la violence et du chacun pour soi.

Fanny esquisse un sourire entendu.

— Tu as peut-être une vision idéalisée de la ruche, je l'ai eue aussi. Mais les ruches ne sont pas seulement un modèle de coopération communautaire, elles sont aussi des royaumes totalitaires dans lesquels l'individu s'efface. En fait, on a tendance à projeter sur elles toutes les formes politiques humaines existantes, mais elles n'ont finalement qu'un seul objectif : la survie de la colonie. Au moment de la naissance des reines, elles n'ont pas le choix, la ruche deviendrait totalement désorganisée avec plusieurs reines aux commandes de la natalité. Elles ne peuvent pas se permettre un tel chaos. Et on ne le remarque pas dans ce film mais il existe quand même une sorte d'entraide pendant cet épisode dramatique. La ruche d'habitude si grouillante est comme pétrifiée, elle est suspendue à la mort qui plane. Au moment du chant, les ouvrières s'immobilisent et baissent la tête, elles se figent car elles savent que ces chants annoncent une guerre. Si les phéromones le leur dictent et si la ruche est assez peuplée, les ouvrières choisiront parfois d'emmener la jeune reine pour essaimer et créer une nouvelle colonie. Puis une nouvelle série d'ouvrières partira avec la seconde reine et ainsi de suite mais lorsque la colonie deviendra trop restreinte, les autres princesses ne pourront pas créer de nouveaux royaumes en dehors de la ruche. La dernière princesse éclose tuera alors les autres prétendantes à l'intérieur de leurs cocons en les poignardant de son dard qui ne tombe jamais à l'inverse des autres abeilles, c'est le privilège des reines. Il m'arrive souvent de rôder autour des ruches en fin de journée car les reines chantent au crépuscule mais pour l'instant je n'ai jamais eu la chance de vivre ce prodige de la nature.

— Incroyable. Merci pour la découverte. J'aurai peut-être la chance de l'entendre avec vous pendant mon stage.

— Oui, au début de l'été c'est possible, sourit Fanny. Je t'ai parlé de ce chant parce qu'il me semble important de le connaître quand nous nous lançons dans la production et l'élevage de reines. Nous nous immisçons dans leur pratique ancestrale, ne l'oublie pas, et puis on a tendance à travailler à la chaîne parfois, on a des contraintes de rentabilité énormes. Je ne veux pas devenir une exploiteuse acharnée en oubliant la magie et la poésie qui habitent les ruches. Allez viens, je te montre le rucher et on va récolter la production de pollen du jour, c'est la pleine période.

— O.K. je vous suis, avec plaisir.

— Et n'hésite pas à me tutoyer, bredouille Fanny avant de faire signe à Ginka de les suivre.

Elle réalise alors qu'elle a délaissé bien rapidement la barrière si pratique du « vous » qui permet de garder l'autre à bonne distance.

— 5 —

L'habitacle restreint de la camionnette qui contraint à une proximité forcée réveille la gêne de Fanny et le trouble d'Angora. L'apicultrice remarque les gestes un peu brusques de sa stagiaire ainsi que ses doigts courtauds aux ongles rongés. Elle a un visage doux et lisse entouré de boucles blondes furieusement moutonnantes. Le tout lui donne un air d'angelot doré à la posture virile. Des poches alourdissent ses yeux bleus et Fanny devine que ce regard marsupial n'abrite pas seulement de la fatigue, c'est un regard blessé comme épuisé d'avoir vu trop de misère humaine. Il y a de la hargne et de la colère dans ces yeux-là mais aussi une tendresse désespérée et sans filtre, aucune protection. Assise près d'elle dans l'utilitaire, Angora lui fait penser à un buste de Camille Claudel, ces visages d'une symétrie et d'un ovale parfaits et délicats pour mieux accueillir le bord de l'abîme au fond des yeux.

La visite des deux cents ruches parsemées dans la campagne avoisinante doit se faire en voiture mais pour le dernier site, Fanny décide de se garer le long de la départementale et de finir à pied les mètres restant à travers champs. Elle sait que l'effet de surprise qu'elle recherche sera réussi en arrivant de ce côté de l'installation. Pendant qu'elle marche aux côtés d'Angora, Fanny commence à sentir ses muscles se détendre et sa respiration se fluidifier. Elle est heureuse de voir Ginka en pleine hébétude, saisie d'un débordement de plaisir mal contrôlé puisqu'Angora ne cesse de lui envoyer des bouts de bois qu'elle lui ramène inlassablement avec une allégresse totale et inépuisable. La joie de vivre de cette chienne est communicative. Angora suspend tout à coup son geste, bras en l'air, bâton à la main. Ginka pense à une ruse et aboie gaiement en mimant des départs pour des sprints avortés mais Angora s'est figée en remarquant une vingtaine de ruches sous une moustiquaire géante.

Malheureusement pour Ginka ce n'était pas une feinte mais bien l'arrêt brutal de l'exaltant jeu du bâton. Sous la serre, un grand carré de lavande et autres variétés de fleurs mellifères aux couleurs éclatantes, mais surtout une forêt de lianes grimpantes d'au moins trois mètres de haut perlées de milliers de fleurs coniques. Un paradis bariolé et pétillant.

— Waouh, mais c'est quoi ça Fanny, un village de vacances pour abeilles ?

— Oui, on peut dire ça !

— C'est toi qui as mis ces ruches sous serre ?

— Oui c'est une expérience que je mène avec Catherine, ma collègue brasseuse. On est chez elle ici, c'est son domaine. Les lianes gigantesques qui poussent sur des fils de coco de l'autre côté de la grange là-bas, c'est le houblon. Sous la moustiquaire on a installé une expérimentation avec une petite parcelle de houblon sacrifié.

— Ah oui, je crois comprendre. Les abeilles aident à la reproduction du houblon en venant le butiner c'est ça ?

— En fait non, pas du tout… C'est plutôt l'inverse. Catherine n'a aucun intérêt à ce que les abeilles viennent butiner dans ses champs parce que pour l'orge, seul le vent est nécessaire et pour le houblon elle n'utilise que les fleurs femelles qui n'ont pas été fécondées.

— O.K., alors je vois pas bien l'intérêt dans ce cas ?

— Tu vas vite comprendre. Tu connais les principaux fléaux qui touchent les abeilles : on a les pesticides bien sûr, les frelons asiatiques et aussi le varroa, cet acarien vampire qui s'installe sur les abeilles pour pomper leurs cellules sanguines. Il décime les colonies à petit feu. Eh bien, figure-toi que les fleurs de houblon contiennent une substance qui agit comme un puissant antiseptique et qui tue ces acariens. Aux États-Unis ils traitent les ruches en pulvérisant un concentré de houblon, mais pour extraire assez de produit à répandre sur les millions de ruches américaines, le houblon OGM prolifère. Alors j'ai proposé à Catherine cette expérience. Si mes abeilles malades guérissent du varroa, on créera ensemble des houblonnières spécialement conçues pour guérir les ruchers malades. Des sortes de cures thermales pour abeilles, tu n'étais pas loin de la vérité quand tu parlais de village paradisiaque. C'est clairement anecdotique à l'heure où certains inventent des ruches connectées très efficaces pour la surveillance, mais c'est un test intéressant. Si ça te plaît, j'aimerais que tu viennes régulièrement faire des relevés et des prélèvements car mes journées sont trop courtes en ce moment.

Fanny interprète alors le large sourire d'Angora comme étant un accord non équivoque.

— J'espère que j'aurai le droit de goûter à cette bière locale en échange !

— Oui, je suis sûre que Catherine sera ravie de te faire goûter sa production.

— Si cette collaboration existe c'est que tu es bien intégrée dans le coin. C'est assez rare de mener des expériences communes, non ?

— Oui c'est vrai, ce genre de coopération est inhabituel mais détrompe-toi, je ne suis pas si bien intégrée. Catherine est une brasseuse qui travaille seule et en bio, on se rejoint sur pas mal de points. Il n'empêche que j'ai déjà reçu toutes sortes d'intimidations : des messages dans ma boîte aux lettres, des appels anonymes, on a même détruit certaines de mes ruches car je les avais postées trop près d'une autre propriété agricole. Il existe encore des gens pour qui une femme seule venant de la ville n'a rien à faire ici. Pour certains je n'ai aucune légitimité, ils ne peuvent pas s'empêcher de me faire savoir à quel point ma présence les crispe. Mais il y a aussi les autres, ceux qui me font des visites surprises juste pour s'assurer que tout se passe bien, ce sont les mêmes d'ailleurs qui sont venus m'aider à réparer les ruches détruites. Je te les présenterai pendant ton stage.

De retour à la ferme, Fanny dévoile la grange-miellerie à Angora avant de terminer cette première journée de stage par la découverte de l'atelier et le bureau d'élevage de reines. Lorsque Fanny ouvre le frigo-couveuse, Angora s'émerveille devant les centaines de larves en gestation. Les cupules de cire ressemblent à de petits bijoux primitifs grâce à la broderie que les nourrices ont déposée autour de chaque nid artificiel pour permettre aux futures reines de grandir en paix.

— Les larves dans les cupules que tu vois sont vieilles de dix jours. Les abeilles nourricières ont bien travaillé, tu as vu les opercules comme de la dentelle avec lesquelles elles ont enfermé les larves ? C'est magnifique. Je commence à surveiller de près car elles peuvent éclore à tout moment. Dès qu'elles vont naître je ne dois pas tarder à les expédier aux apiculteurs qui ont passé commande car ils ne devront pas les introduire dans une nouvelle ruche après six jours de vie. Tout est ultra-chronométré dans le processus et je n'ai pas le droit de me détourner d'elles sous peine de les perdre.

— Mais comment fais-tu pour t'occuper de tout ça en même temps ? Les reines que tu élèves, le miel à récolter et à mettre en pot, les ruches que tu changes de place, la récolte du pollen et la gestion des expéditions des reines, comment réussis-tu à tout faire seule ?

— Je ne dors pas beaucoup, c'est peut-être ça le secret... Et je crois aussi que j'ai bien besoin de l'aide d'une stagiaire motivée et résistante, si tu vois ce que je veux dire ! Parce que tu as oublié une autre activité : la vente sur le marché et la livraison des magasins qui me distribuent !

— Ça ne me fait pas peur, bien au contraire.

Un regard circulaire dans l'atelier révèle à Angora que l'ambiance ici est tout autre que celle du salon glacial découvert en début d'après-midi. Elle remarque les dessins accrochés sur un fil dans le fond de la pièce. Ils sont étranges et sombres, des taches hypnotiques et vivantes à la fois. Elle aimerait en savoir davantage mais se souvenant du moment de gêne qui avait suivi sa question au sujet de la guitare, Angora n'ose pas demander à Fanny si c'est elle qui peint. Vaincue par sa curiosité, elle ne résiste pas en revanche à demander pourquoi elle a écrit au gros pinceau noir cette phrase à même le mur au-dessus de son bureau d'élevage : *Qu'alentour fleurissent le vert daphné, le serpolet au parfum pénétrant, et force sarriettes à l'odeur tenace, et que des touffes de violettes s'abreuvent à la fontaine qui les arrose*[1].

— Fanny, elle est belle cette phrase mais pourquoi l'as-tu écrite sur le mur ?

— Parce que j'aime l'idée qu'elle a été écrite trente ans avant Jésus-Christ et qu'elle reste la définition du paradis terrestre tel que je l'imagine pour les abeilles. C'est Marcel, l'ancien propriétaire, qui m'a offert les *Géorgiques* le jour de son départ. Je suis toujours émue en repensant au moment où il m'a tendu l'ouvrage, la main légèrement tremblante. C'était sa seule possession littéraire, une édition très ancienne dont il avait pris grand soin. En me tendant le livre comme un trésor, il m'a expliqué que c'était un cadeau de son ancien professeur d'agronomie au lycée professionnel. Il partageait avec le jeune Marcel la même passion pour les abeilles. Me l'offrir à son tour c'était comme me passer le flambeau. Il m'a avoué qu'il ne l'avait pas lu tout de suite car le livre l'impressionnait jusqu'à lui faire peur, lui qui ne lisait jamais. Mais il l'a toujours gardé dans son salon, bien en vue, et vers l'âge de soixante ans il s'est mis à en lire quelques passages le soir avant de s'endormir. « La sagesse ou l'âge des premières nostalgies », m'avait-il avoué avec son regard de vieux gamin. Je crois que Marcel a voulu me transmettre la sagesse pastorale de Virgile qui a décrit

1 *Géorgiques*, Livre IV (30), Virgile.

il y a plus de deux mille ans notre vie pauvre mais équilibrée, absolue et loyale.

— Loyale ? Pourquoi loyale ? Envers qui ?

— Je pensais plutôt à loyale envers cette nature ancestrale et à ce qui la compose depuis des millénaires. Bon, j'avoue que Virgile n'est pas complètement ma tasse de thé. La littérature antique est connue pour embellir un monde parfois austère et difficile, c'est une célébration de la nature et de l'âge d'or, une sorte de manifeste politique commandé par l'empereur Auguste. De ce texte, moi je garde la poésie du monde dans lequel je vis. Quoi ? Pourquoi souris-tu comme ça ?

— Non non, c'est juste que tu es une drôle d'apicultrice.

— Ah bon ? Mais pourquoi tu... Oui Ginka, oui ! Regarde, elle n'a pas du tout envie que je me lance sur ce vaste sujet. Il doit être 17 heures, vu comme elle s'agite. C'est l'heure de notre balade quotidienne le long du canal. Tu nous accompagnes ? C'est une parfaite transition qu'elle nous offre, je vais te montrer à quoi ressemble mon paradis !

— 6 —

Encouragée par le plaisir palpable de Fanny au contact bucolique du canal, Angora cherche à mieux connaître son hôte. Est-elle bretonne d'origine ? Pourquoi le métier d'apicultrice ? Aime-t-elle sortir à Rennes parfois ? Mais à chaque question personnelle, Fanny est comme engloutie par un profond mutisme. L'ambiance devenant trop pesante, Angora abandonne et se lance sur le sujet beaucoup plus consensuel de la lutte contre les pesticides qui l'anime depuis deux ans. Elle retrouve alors une Fanny enjouée et bavarde et c'est à ce moment qu'Angora comprend que cette femme est une recluse emmurée dans un lourd secret. Seule l'ambiance festive à l'approche du bar de l'Écluse vient idéalement étouffer le désarroi qui commençait à accabler la jeune stagiaire.

— Ce soir c'est galette comme tous les mercredis, on s'installe Angora ? Je crois même que la saison des concerts a repris et Suzanne a de très bons goûts musicaux, enfin d'après moi…

L'odeur du bar de l'Écluse est un mélange sucré-salé subtil. Le sucre des pâtisseries, la cannelle mêlée au bacon grillé et aux vapeurs de thés parfumés, mais aussi la bière et l'odeur du sarrasin des galettes. Jamais écœurante, cette odeur agit comme un réconfort immédiat pour Fanny.

Des tables, des chaises et de la vaisselle dépareillées. Des nappes multicolores, des théières multiformes, des grosses boîtes de thé en vrac en exposition sur l'étagère au-dessus des gâteaux du jour sous des cloches de verre : scones, carrot cakes, cheesecakes, meringues. Une oasis anglaise dans un refuge breton, le bar de l'Écluse est à l'image de sa patronne, un mélange à la fois rustique et délicat, exubérant et simple mais surtout d'une chaleur enveloppante. Fanny explique à Angora avec une pointe de moquerie bienveillante que Suzanne la patronne est une réfugiée anglaise « fuyant le Brexit et la connerie insulaire de ses compatriotes », comme elle l'explique elle-même.

Suzanne est une grande rousse, incarnation caricaturale du stéréotype britannique avec ses taches de rousseur, ses cheveux longs épais et vaguement ondulés, sa mâchoire rétrognathe et sa carrure imposante qui ne lui enlève pourtant pas le charme brut des femmes à l'assurance vigoureuse et solide. Un rire gras sur un regard vert profond, c'est peut-être la meilleure description que Fanny pourrait faire de son amie anglaise.

La griserie de la balade le long du canal, la compagnie joyeuse d'Angora ainsi que le premier verre de bière suffisent à Fanny pour lui faire oublier son habituelle retenue. Elle se laisse aller à murmurer.

— « Angora montre-moi d'où vient la vie, où vont les vaisseaux maudits. »

— Ah, tu connais ?

— Oui, Bashung, c'est un des héros romantiques de ma génération.

— C'est ma mère qui a choisi mon prénom.

— Elle a de très bons goûts ta maman.

— Avait, elle avait…

— Pardon, Angora, je ne savais pas.

Après le silence gêné des annonces brutales qui plongent tout le monde dans les sombres souvenirs, Angora s'est confiée sous les yeux impressionnés de Fanny pour qui cette aisance de la parole est totalement étrangère. Angora a raconté sa mère mélancolique mais drôle aussi parfois, elle a expliqué le basculement le jour où son grand-père est mort et la dépression alcoolique dans laquelle sa mère a soudainement sombré. Elle a parlé de son père qui la protégeait d'une mère trop saoule pour s'occuper d'elle. Il l'emmenait en balade au parc, en forêt, au musée ou à la piscine puis ils s'arrêtaient souvent dîner chez les grands-parents paternels. Elle a dit les retours silencieux vers une maison en perdition, les ordres de son père d'aller se coucher sans passer par le salon dans lequel il savait sa femme allongée sur le canapé dans un sommeil éthylique souvent proche du coma. Angora a évoqué les cures de sevrage de sa mère qu'elle maquillait en voyages professionnels. Elle s'est assombrie lorsqu'elle a avoué ne pas avoir vu le drame qui se nouait mais qui, au-delà du conscient, la rendait de plus en plus anxieuse, somnambule et introvertie. C'est avec les yeux baissés vers son index droit tournoyant sur l'arête de son verre de bière qu'Angora a détaillé la maladie et les opérations successives pour tenter de sauver un cœur maternel abîmé. Pendant que ses amis expérimentaient tous les possibles de l'adolescence, elle s'isolait dans le quotidien hors du temps, angoissant et silencieux de la maladie d'un proche et des visites journalières à l'hôpital. Elle a fini par évoquer dans un murmure la mort de sa mère. Elle avait dix-sept ans. Suivirent le silence et l'enfermement dans des études antidotes. Jusqu'au jour où son père lui a déposé un vieux cahier à spirales sur son bureau, ainsi qu'une lettre qui l'invitait à lire les mots qu'avait écrits sa maman. Cette lettre était un ordre plus qu'une invitation, il voulait qu'elle sache qu'elle n'était pas coupable. Alors bien sûr Angora a lu. Et elle a su. La mort de son grand-père comme un détonateur. Le silence, ce grand poison. Avant la mort de cet homme, la mère d'Angora n'avait pas eu le temps de lui dire combien elle le détestait. Elle n'a pas eu le temps de lui dire que les coups de ceinture ne laissent pas seulement des traces rougeâtres sur une peau fine et juvénile, elle n'a pas eu le temps de lui dire que les mots dégueulasses avilissent pour toujours et que les heures de pénitence dans le placard pour un mot de travers l'avaient enfermée à perpétuité dans la noirceur du monde. Elle n'a jamais pu lui dire qu'à l'inverse de son frère dont elle était si admirative, elle était faite pour sombrer.

— Je suis allée sur la tombe de mes grands-parents et je leur ai dit tout le mal que je pense d'eux. Je suis allée sur leur tombe pour leur parler mais je crois aussi pour entendre, il fallait qu'ils me disent pourquoi. Le silence assourdissant m'a révélé les drames vicieux des familles ravagées et putréfiées par la violence étouffée. Je ne savais pas quoi faire de cette révélation, il fallait que je la dépose quelque part, elle était trop lourde, trop encombrante, je ne respirais plus. Alors en sortant du cimetière je me suis mise à courir comme pour m'asphyxier davantage et définitivement. Mais courir m'a ramené le souffle, alors j'ai couru tous les jours et puis j'ai commencé à faire des pompes le matin, le midi, le soir, du gainage, du vélo, de la natation, des triathlons, je ne pouvais plus m'arrêter. Et puis dans la suite logique, je suis devenue accro au CrossFit, ce combiné furieux de toutes les activités physiques existantes à un rythme effréné, cette dévotion absolue au modelage d'un corps fort et à la souffrance comme salut de l'âme. J'ai abandonné les cours de droit à la fac et j'ai passé mon diplôme de sauveteuse, il n'y avait que là que je me sentais légère, dans l'action, dans le dépassement. Seul mon accident de voiture a réussi à me stopper. En convalescence j'ai rencontré Matthias qui se passionnait pour la théorie de l'effondrement et pour les abeilles, je l'ai suivi un temps à la ZAD de Notre-Dame-des-Landes. On s'est séparés mais j'ai gardé de lui les abeilles et l'activisme politique je crois. Et me voilà... devant toi à déballer ma vie. Ce que je sais aujourd'hui c'est que je ne laisserai jamais aucun homme lever la main sur moi, ni sur mes enfants si j'en ai un jour. Je suis assez forte et résistante, je sais me défendre.

En tout cas, je suis une stagiaire garde du corps, si tu as besoin j'ai des bras très utiles. Pardon, je t'ai coupé l'appétit, tu ne manges plus. Les galettes de Suzanne sont pourtant une tuerie. Je... Je suis désolée, je ne sais pas pourquoi je te dis tout ça, je n'ai pas l'habitude de me répandre comme ça.

— Non, surtout ne t'excuse pas. Merci pour la confiance que tu m'accordes...

Ce sont les premiers mots de Fanny après un silence grave. Son regard revenu brusquement des profondeurs où il s'était perdu plonge alors dans les yeux bleu acier d'Angora, dans ce regard ombrageux et résolu.

— On dirait bien que tu as repris le pouvoir sur ta souffrance, je t'admire pour ça. Tu es une déesse guerrière Angora, la Freyja des temps modernes, je crois même que tu es l'incarnation du courage ! tente de plaisanter Fanny tout en cachant ses mains moites sous la table.

Sourires partagés, regards complices, la magie de certaines rencontres.

— Merci Fanny. Je crois que je vais rentrer maintenant, j'ai tendance à me lever aux aurores pour courir et si j'ai bien compris je dois être en forme pour le programme intensif qui nous attend !

— Tu retrouveras le chemin jusqu'à la ferme ? On se voit demain matin, 9 heures au rucher.

— Oui bien sûr, à demain 9 heures. Salut Ginka, salut ma belle, occupe-toi bien de ta maîtresse.

Ginka, croyant venu le moment du départ, se redresse sur ses quatre pattes blanches et remue une queue volontaire. Tête penchée sur le côté, regard perplexe, non ce n'était pas le moment de la balade pour elle. Elle se recouche aux pieds de Fanny qui n'a pas bougé et dont le regard suit sa nouvelle stagiaire sortir du restaurant. C'est alors qu'elle remarque la carrure d'Angora, tout en muscle jusqu'à son cou et sa queue-de-cheval épaisse.

Angora quitte le bar et Fanny reste seule. Elle ne voit pas vraiment le groupe de musiciens ni les yeux du guitariste qui cherchent à capter son attention ou au moins un sourire encourageant. Suzanne remarque instantanément la torpeur qui enveloppe son amie lorsqu'elle vient débarrasser la table.

— Fanny, je vais pas t'embêter longtemps, mais je commence à te connaître un peu, toi, ton chien et tes abeilles, et ce soir je n'ai qu'une chose à te dire ma belle, lis mon super dicton de la semaine, tu me feras plaisir.

Fanny se retourne vers le bar au-dessus duquel Suzanne s'applique chaque semaine à écrire à la craie un dicton breton. Fanny moque cette idée désuète mais les maximes de Suzanne sont souvent caustiques et toujours de bon goût. Fanny lit.

— « Les larmes qui coulent sont amères, mais plus amères celles qui ne coulent pas ». Tu es sûre que c'est breton ça Suzanne…?

— Mais oui, pas de doute. Ils sont discrets mais ce sont des grands sensibles nos amis bretons. Et garde le secret pour toi mais je commence même à penser que les Bretons et les Anglais se ressemblent tellement que je n'ai pas atterri ici par hasard.

Et Suzanne d'éclater de son rire ample et rauque de trop de tabac. Fanny sourit mais son sourire retombe vite dans la mélancolie.

— Suzanne, je viens de me rendre compte que ma stagiaire a le même âge que lui.

Lettre 1.

Mardi 25 avril.

J'ai décidé de t'écrire des lettres. C'est l'unique remède au silence. J'ai passé un accord avec Suzanne. Je m'installe dans son bar, elle m'apporte un thé sans me parler et j'écris une lettre que je lui remets avant de payer. Elle la dépose ensuite dans une boîte à chaussures vide. Un jour, si tu viens au bar de l'Écluse, Suzanne te remettra une boîte remplie de lettres. Un jour peut-être.

Réveil à l'aube en pleurs.

Pas de rêve, pas de cauchemar, une tête vide et un réveil en sursaut, le visage trempé de larmes. Ce sont elles qui me poussent à écrire, j'ai besoin de comprendre. Que veut dire un inconscient qui pleure ? Depuis deux ans j'ai pourtant la sensation d'avoir fini de pleurer. Je me suis asséchée même si je continue de te chercher. Quand j'écris « asséchée » ce ne sont pas seulement mes yeux qui ont tari. Je suis sèche partout. Mes mains sont aussi rêches que l'écorce des arbres et aucun de mes cataplasmes au miel n'améliore mon épiderme. Je crois pourtant à la puissance de mes petites ouvrières apicoles, je crois aux vertus du miel. L'intérieur de mes bras est rongé de plaques rouges et rugueuses qui me démangent, pareil derrière mes genoux calleux. Et je me gratte, je me gratte jusqu'au sang, la nuit le plus souvent. Les croûtes sont immondes mais personne ne les voit. J'ai coupé mes cheveux, ils étaient si secs et fourchus et grisonnants aussi. Mais je les garde à hauteur d'oreille je ne veux pas devenir vieille trop vite. Des cheveux gris très courts, je ne suis pas prête pour ça. Je me teins les cheveux tous les mois pour tenter de garder ma couleur brune. J'ai toujours en tête que tu pourrais me chercher et me revenir alors je veux rester un peu la même femme qu'il y a cinq ans. J'essaie. Ma bouche aussi est sèche, ma gorge jusqu'à mon ventre qui est souvent douloureux, estomac noué très certainement. Mais voilà que je me laisse aller à l'autocomplaisance. Je n'écris pas pour me lamenter, je ne veux pas ça. Juste te raconter, un peu.

Ce matin j'ai sorti un bout de papier plié en quatre que je cache dans le tiroir de ma table de nuit. Une copie double à grands carreaux déchirée à la va-vite. Le papier devient de plus en plus fin mais ne jaunit pas encore. Tes derniers mots : « J'ai besoin d'air. » Ton écriture, une photo, et deux dessins, c'est tout ce que j'ai gardé de toi.

La première fois que je t'ai vu j'ai pensé que tu avais le visage d'un vieillard miniature. Tu as réussi à me faire sourire dans cette tempête sanglante, dans ce délire de chair, ce tourbillon angoissant et frénétique. Ton regard d'un autre monde est alors venu éteindre mon sourire. Tes yeux comme des crochets que tu as plantés dans les miens. Ils étaient aussi noirs que l'univers dont tu venais de t'extraire. Tes yeux d'une sagesse inexplicable m'ordonnaient de rester calme désormais, tout était fini, il ne fallait plus s'inquiéter. On avait réussi. Tu as rampé sur mon ventre, animal. Tu savais où tu allais, la géographie de mon corps n'avait pas de secret pour toi. Tu étais maître de ta survie. Tu as agité une tête furieuse en quête de lait. Tes lèvres ventouses ont saisi mon téton gauche. J'ai senti mon sein devenir pierre et de cet îlot rocheux est sorti un liquide jaune et chaud que tu as avalé. Tu venais de m'apprendre l'amour inconditionnel.

La panique fait monter ma température. T'ai-je déjà raconté mes fièvres inexpliquées les veilles de départ en colonie de vacances quand j'étais enfant, avant les oraux validant la fin de mes études ou lorsque tu as fait ton premier voyage scolaire en bus ? L'angoisse m'habite depuis que je suis petite et je ne sais pas la dompter. Elle prend le contrôle de mon corps et elle ne m'a pas épargnée le jour de ta naissance. La sage-femme m'a annoncé une série d'examens pour comprendre cette fièvre anormale pendant que tu partais avec ton père pour le premier bain. J'ai laissé faire. Les examens ont duré bien trop longtemps et j'ai accepté de t'abandonner à des inconnues en blouse rose pour la nuit. Première culpabilité maternelle. J'aurais dû te garder contre moi pour t'observer et t'apprendre par cœur jusqu'à l'aube, toi la petite chose étrange. J'ai préféré dormir et je ne comprends toujours pas pourquoi.

Aujourd'hui encore, il m'arrive de penser que si j'avais refusé les ordres médicaux que je savais inutiles, tu n'aurais pas disparu de manière si définitive l'année de tes dix-sept ans, avec pour seule raison d'aller chercher un air meilleur loin de moi. Le fil de notre rencontre a-t-il été rompu cette première nuit pendant laquelle je ne me suis pas battue pour te garder contre moi ? Sensation de t'avoir trahi dès tes premières heures de vie. Théorie absurde. Comme toutes les théories que je bricole et qui ne me mènent nulle part depuis que tu es parti.

Air. Besoin d'air, changer d'air, prendre l'air à dix-sept ans, oui, mais revenir ! Pourquoi n'es-tu jamais revenu ?

Cette première nuit de ta vie, as-tu cherché ma peau, mon odeur, mes bras ? As-tu pleuré, vagi, hurlé en me cherchant en vain ? Il se pourrait que je connaisse alors la sensation d'un nouveau-né qu'on arrache à sa mère dès la naissance. La panique, le manque, le besoin de sentir l'absent, c'est organique. Je suis une mère louve qui cherche son petit en reniflant, en observant le monde depuis sa tanière. Tu as quitté la meute pour fuir le mâle alpha de notre foyer. À la différence de la louve je ne sais pas hurler ma peine.

— 7 —

La main de Pascal sur le levier de vitesse est épaisse, sale et abîmée mais Angora lui trouve un côté rassurant car elle n'empêche pas les gestes doux, fluides et tranquilles. C'est comme une danse aérienne rythmée par la mécanique du véhicule et impulsée par le siège qui rebondit en accompagnant les aspérités de la route de campagne. Le buste de Pascal valdingue gaiement faute de suspensions entretenues et ses cheveux s'agitent dans le courant d'air créé par les deux vitres avant ouvertes. Il est si grand que sa tête cogne parfois le plafond sans que cela le perturbe. Tout bouge chez lui, sauf son regard fatigué rivé sur l'asphalte. Angora se sent chez elle dans ce vieux camion aux côtés du voisin de Fanny. Elle boit de l'eau en regardant le paysage, le pied droit en appui sur le vide-poche latéral. Elle défait l'élastique qui retenait ses cheveux pour laisser se déployer une myriade de frisottis blonds. Un sourire pointe sur ses lèvres posées sur le goulot de sa gourde, elle se sent apaisée par les mouvements brimbalants de Pascal et par le soleil qui inonde les premiers tournesols. La fatigue d'un levé aux aurores pour l'installation du stand sur le marché des Lices et la chaleur d'un début d'après-midi printanier la rendent légèrement somnolente.

— Je sais pas pour toi Pascal mais moi je suis cuite. Elle fait comment Fanny pour tenir le coup ? Levée à 5 heures ce matin pour installer le stand et repartie à midi pour aller s'occuper de son élevage, je suis sûre qu'elle a à peine mangé et qu'elle a enchaîné direct sur la récolte du pollen. Elle a une résistance de malade cette femme.

— Tu sais, elle a pas vraiment le choix. Elle s'occupe d'êtres vivants qui n'attendent pas sagement dans une boîte. Et puis Angora tu es là pour l'aider depuis un mois et je peux te dire que ça se voit, je la trouve moins fatiguée et un peu plus souriante notre Fanny.

— Oui j'ai l'impression qu'elle est plus détendue que lorsque je suis arrivée le premier jour, t'as raison. Et sinon tu l'as entendu le client râleur de ce matin ? Il maronnait dans sa barbe et je sentais qu'il allait pas s'arrêter. J'ai pas pu m'empêcher de lui dire que s'il ne les trouvait pas belles tes courgettes il pouvait aller se gaver de pesticides au supermarché. T'étais à l'autre bout de ton stand alors t'as peut-être pas vu mais Fanny a dû intervenir parce qu'il commençait à m'insulter en me traitant de p'tite bobo ridicule, de pauvre zadiste sans soutif, qu'avec des idées comme les miennes on ne nourrirait jamais la population de la planète et que si j'avais envie de revenir au XIXe siècle à tirer ma charrue avec des bœufs il me souhaitait bien du courage mais que ça serait sans lui. Putain, j'te jure Pascal j'avais envie de lui écraser un pot de miel sur sa face de con, toujours les mêmes rengaines, les mêmes façons de rabaisser ceux qui essaient de sauver le genre humain. Quoi ? Rigole pas c'est vrai, je persiste : le genre humain ! Oui rien que ça ! Mais bon, s'ils veulent continuer à se gaver de pesticides et mourir d'un cancer à cinquante balais qu'ils y aillent hein, ça fera moins d'abrutis sur Terre. Et note que Fanny, tranquille, elle a rien dit, comme si elle n'était pas là à nous entendre, pas gênée, pas en colère, rien, elle m'a juste dit de revenir auprès d'elle et de laisser le monsieur tranquille. Je sais pas ce qu'elle pense sur le sujet en fait. Je sais pas trop ce qu'elle pense en général d'ailleurs. Je l'aime beaucoup hein, c'est pas ça mais bon… Bref, tu l'as entendu ce type toi Pascal ?

— Non, j'y fais plus trop attention et je crois bien que Fanny non plus, c'est pour ça qu'elle n'a pas réagi. On travaille, on est en accord avec nos principes, ça nous suffit. Je crois qu'on en arrive à une sorte de sagesse fataliste.

— Sagesse ? De la lâcheté tu veux dire, vous les laissez insulter votre travail et vous n'essayez même pas de leur expliquer ? Honnêtement, je vous comprends pas. Vous tendez la joue en gros c'est ça que vous faites ?

— Tu sais, c'est pas en me prenant la tête en permanence avec des gens qui ont une autre vision de la vie et du monde que ça va faire bouger les choses. Faut la vivre cette transformation, faut qu'elle t'explose à la figure mais de manière physique, une révélation violente y a que ça qui fonctionne, je perds pas mon temps à répondre à ce genre de type.

— Ouais… Non. Pas d'accord. Moi j'peux pas rester là à sourire sans rien dire face à une attaque en règle venant d'un mec ou d'une meuf de l'ancien monde, tu sais ceux qui palpitent d'envie de croquer dans une pomme vert fluo astiquée à la cire. Quoi ? Pourquoi tu souris comme ça, ça te fait marrer ? Eh ! T'as pas envie de te les farcir tous les agriculteurs traditionnels qui continuent à tuer le vivant, la terre et les consommateurs par la même occasion ? On fait quoi, on regarde faire et on se tait, c'est ça ?

— Pardon Angora mais t'as pas vraiment l'œil, l'expérience ni le recul d'une agricultrice. Si tu veux vraiment trouver des coupables, regarde plutôt côté industriels et méga grands groupes, les gros bonnets quoi. L'agriculteur, au pire, il est complice mais souvent complice sous la menace. Quand tu gagnes ta vie à vendre des céréales et que tes céréales elles valent rien, t'as besoin de produire plus et là t'es O.K. pour tenter des expériences. À un moment de ma vie j'ai vu les pesticides comme une aubaine pour produire plus, et la génération d'avant a fait bien pire que nous. Mon père me racontait qu'il déversait parfois de la poudre rouge de mercure sur les grains sans aucune protection. J'avais bien un doute, je me disais qu'on utilisait beaucoup de produits sans connaître en détail la composition mais je ne pouvais pas non plus laisser mes cultures être bouffées par les insectes. On a manqué de curiosité c'est sûr mais on n'avait pas le temps, c'était la course à la production, mais ça, tu connais l'engrenage.

— Pire avant ? Non, non j'suis pas du tout d'accord, c'était déjà moche oui mais les nouveaux produits soi-disant plus respectueux c'est une grosse blague pourrie ça. Leur grande innovation avec les néonics c'est de transformer la plante tout entière en un insecticide géant, tu le sais ça ? Et ouais, ils enrobent les graines de produit, et hop ils envoient ça aux agriculteurs qui les sèment et qui n'auront rien à faire d'autre que de regarder pousser la plante devenue mortelle du bout de ses racines jusqu'à la pointe de ses feuilles pour tous les insectes qui viendront la butiner. Et comble de bonne nouvelle, l'enrobage de ces graines peut se la couler douce dans les sols qui seront tranquillement imbibés de produit sur des années et des années de traitement. À ce rythme-là les agriculteurs n'auront même plus besoin de traiter leurs cultures puisque plus rien ne poussera plus sur leurs terres mortes.

— Oui bon... J'en ai eu envie moi aussi de ce tracteur flambant neuf et énorme comme celui avec lequel je jouais gamin, ce qui me faisait rêver c'était les tracteurs américains. J'étais le roi du monde sur ma moissonneuse en pleine nuit, celle qui éclaire à des kilomètres à la ronde tellement elle est puissante.

— Je rêve ! Toi ! Pascal ! Toi t'as fait partie de toute cette imposture qui nous mène à la cata ? Mais j'peux pas y croire, t'es un survivant de l'enfer pesticidiste en fait !

— Très drôle... Tu sais que ça n'existe pas « pesticidiste », tu inventes des nouveaux mots maintenant ? Et tu crois pas que ta vision est un peu caricaturale là ? Entre nous, tu penses vraiment qu'il y a les méchants conventionnels d'un côté et les gentils bio de l'autre ?

Le silence agacé qui s'installe entre eux révèle soudain le ronronnement puissant et assourdissant du moteur du vieux fourgon contrastant toujours avec la légèreté des sursauts du grand corps de Pascal, les yeux plus que jamais ailleurs même si toujours fixés sur la route.

— Pardon Pascal, j'ai jeté un froid, je voulais pas t'insulter surtout, on a tous nos quotas d'erreurs dans la vie.

— On va dire que c'est de ton âge la révolte aveugle et exaltée ! J'suis d'accord sur le fond mais j'aime pas beaucoup l'idée de faire la leçon aux autres sans être sur le terrain quoi. Mais bon ça doit être la nouvelle génération, mon fils Luka a refusé de prendre la relève. Il m'a annoncé un jour que lorsqu'arrivera l'heure de raccrocher je ne pourrai pas compter sur lui, que ça le faisait pas rêver ma vie à courir après le fric pour payer mon putain de tracteur américain, et qu'il était hors de question qu'il se sacrifie pour mes conneries. C'était la première claque, ma première prise de conscience je crois. La deuxième c'est un voisin qu'on a retrouvé pendu dans sa grange. Je le connaissais bien Daniel et il n'avait rien dit de son naufrage. Cette claque-là a été monumentale et terrible. Sa femme Jacqueline a débarqué en courant à la maison un soir. Elle était en panique totale, elle n'arrivait plus à reprendre son souffle pour parler, j'ai compris de suite qu'il fallait que je la suive. C'est moi qui ai décroché le corps de Daniel de la potence centrale dans la grange. On a essayé de le faire revenir mais c'était trop tard. Bouche-à-bouche, massage cardiaque, rien, Daniel avait sombré. Et puis la lettre dans sa poche que j'ai tendue à Jacqueline. Elle m'a raconté bien plus tard que dans sa lettre il avouait ne plus pouvoir vivre avec l'idée qu'il avait fait fausse route et qu'aucun de ses enfants ne reprendrait l'exploitation devenue usine, toute cette dure vie de travail vouée au néant, il ne le supportait plus. Parce que c'est ça qui se passe hein, des naufrages, aujourd'hui on en parle, on le sait, mais qu'est-ce qui change ? Rien. Le bateau coule, les passagers avec mais aussi l'océan aspiré.

Les doigts de Pascal sur le volant s'agitent, les pouces surtout qui se mettent à battre la mesure pour contenir l'émotion. Angora hésite, elle est vexée mais elle remarque les pouces convulsifs et les mâchoires serrées et elle déteste les silences sinistres.

— Pascal, t'es pas obligé de me répondre mais t'en as eu d'autres des claques violentes ?

— Oui mais rien à voir avec le choc de la mort de Daniel. Tiens, j'y pense, tu t'entendrais bien avec mon fils niveau pesticides, révolte et leçons de morale d'ailleurs.

— O.K., sympa merci. Tu me le présentes quand tu veux Pascal !

— Ça risque pas il est parti vivre en Australie.

Angora sent que ses mâchoires se crispent, elles aussi, et elle ne peut s'empêcher de continuer à argumenter, c'est plus fort qu'elle.

— Tu connais Rachel Carson ? Il faut que tu lises *Printemps silencieux*, je l'ai chez moi, je te le prêterai.

Pascal, incrédule, détourne le regard de la route quelques secondes pour observer la stagiaire et son air renfrogné.

— Quoi ? Si tu le lis tu réaliseras qu'on est depuis trop longtemps dans une spirale mortifère et qu'il faut agir.

— Oui mais bon ça, on le voit bien sur le terrain Angora, pas besoin de lire un livre pour le savoir.

— Je pense que tu te trompes. Je te le prête, tu le lis et on en reparle O.K. ? Tu découvriras la folie de la guerre sans fin contre la nature, l'arrogance avec laquelle « l'homme moderne » cherche à la réduire au silence en l'arrosant de pluies de mort. C'est totalement délirant, elle a dénoncé le scandale il y a plus de soixante-dix ans, elle nous a alertés sur le mauvais chemin qu'on était en train de prendre et qui nous mène droit dans le mur mais non, rien ne change.

— D'accord Angora mais une fois qu'on a dit ça, on fait quoi ? On la connaît l'histoire de l'agriculteur qui s'effondre sous les dettes à rembourser, il se bat tous les jours pour sa survie financière et donc pour faire bouffer sa famille alors comment tu veux aller le voir pour lui dire stop, désolé on s'est planté mon gars faut tout changer, tout vendre et repartir à zéro. Forcément, il va avoir envie de t'en coller une, voire sortir son fusil de chasse tellement il est désespéré. Et les multinationales lobbyistes, tu crois qu'elles vont lâcher leur poule aux œufs d'or comme ça pour le bien de l'humanité ?

— Et tu crois pas que ces agriculteurs-là ils pourraient pas utiliser un peu plus leur cerveau ? Je veux dire ils le voient bien que plus ils se battent plus ils s'enfoncent. Dans ces cas-là, tu t'arrêtes, tu fais un pas de côté et tu prends du recul. Ils pourraient pas se regrouper et discuter en éjectant les lobbies de leurs discussions, s'organiser pour changer collectivement ?

— Tellement facile à dire ça Angora.

— Mais regarde, toi tu l'as fait ce changement radical, alors pourquoi ce serait pas possible pour les autres ?

— Moi j'ai pas de mérite, mon père m'avait tout légué, j'ai démarré sans aucune dette, c'est lui qui s'était saigné et il avait réussi à payer tous ses emprunts. J'avais que ma moissonneuse à rembourser. Je l'ai vendue à perte et j'allonge encore 200 euros par mois à la banque mais c'est rien par rapport à tous ceux qui ont investi dans des hangars ultra-sophistiqués, ceux qui sont liés jusqu'au cou aux grosses maisons industrielles à qui ils doivent des sommes d'argent colossales. J'ai aucun mérite à produire mes légumes bio et en plus j'ai eu droit à une aide pour la transformation de ma ferme.

— Mais tu es heureux de ce changement radical non ?

— Oui c'est clair. Après je bosse comme un forçat faut pas croire, et je gagne tout juste de quoi payer mes charges et manger correctement. Si ma femme était restée je sais pas si elle aurait été heureuse. Elle était pas intéressée par la nature, elle aimait la ville et elle y est repartie d'ailleurs. Bref c'est une autre histoire. En tout cas les ventes comme ce matin c'est crucial. Couper le circuit de la grande distribution, ça me plaît beaucoup et j'avoue que ça fait du bien de nous retrouver une fois par semaine avec les voisins producteurs et productrices.

— Et tu aimes aussi avoir ton stand près de celui de Fanny, je l'ai remarqué, je suis pas dupe.

— Fanny ? Elle a le cœur cassé et ça la rend aveugle, j'peux rien y faire.

Angora observe à nouveau les mains charnues de Pascal contrastant totalement avec son visage long et fin, buriné façon marin. Elle admire aussi ses cheveux fous aux pointes blondes. Pas de coiffure, une tignasse plutôt. Elle sourit en pensant qu'il a la cinquantaine séduisante.

— Quoi, pourquoi tu souris comme ça ? C'est pas si joyeux ce que je viens de te dire.

Angora tourne son visage vers la fenêtre. Non ce n'est pas drôle mais elle aime cette ambiance d'amour contrarié qui colle parfaitement à la cour de la ferme du Rocher qu'elle avait trouvée si romantique lors de son premier jour de stage.

Ils arrivent enfin chez Fanny qui vient les aider à décharger. Ginka est dans leurs jambes, dans les airs, dans le camion, des sauts, des aboiements, des gémissements de bonheur canin qui les font rire tous les trois. Le sourire de Fanny est différent, il est plus large et plus ouvert que d'habitude et pour la première fois elle laisse paraître sa dentition qui lui donne le charme de celles qui ne s'embarrassent pas de perfection. C'est un sourire qui n'a pas peur, un sourire sans réfléchir à ses conséquences, une insouciance que personne n'avait encore soupçonnée chez l'apicultrice. C'est aussi un sourire qui laisse apparaître les ridules au coin des yeux de cette quadragénaire dont la tristesse semblait pourtant avoir figé les expressions du visage. Elle est heureuse de leur annoncer que les reines sont nées et qu'elles sont particulièrement vaillantes.

— Venez admirer les jeunes reines dans mon laboratoire, je vous jure c'est une merveille ! Il y en a une qui se prépare à sortir de son cocon, spectacle magique garanti !

C'est la première fois qu'elle est si fière de sa production et Pascal se réjouit silencieusement pour sa voisine. Le nouveau sourire de Fanny lui donne le courage d'oser la regarder sans se dérober même si bien sûr ses yeux retombent vite sur ses vieilles baskets taille 47 dès qu'elle tourne son visage vers lui.

— Non, merci non, une autre fois Fanny, ça me ferait bien plaisir mais j'ai pas fini ma journée. Salut les filles je me sauve ! crie-t-il en claquant les portes arrière de son Trafic blanc.

Sans un regard pour lui mais en levant la main en signe d'au revoir, Fanny récupère l'unique cagette de pots de miel invendus et se dirige vers la grange à miel pour les stocker. Elle ne voit pas le sourire à la fois complice et réprobateur d'Angora vers Pascal qui n'a pas su saisir une occasion inespérée de rapprochement. Fanny ne voit pas non plus les caresses du voisin s'attardant sur la tête de Ginka qui semble ne pas vouloir le laisser partir.

— 8 —

C'est une infime pointe de mandibule fine et fragile qui tente de se frayer un chemin au travers de l'épaisse coque de cire formant son cocon. Les pinces souveraines tâtonnent, découpent, se cachent pour réapparaître, déterminées. Elles sont des mains de prisonnières grattant méthodiquement le sol pour découvrir une voie de sortie. La reine se repose souvent, la manœuvre est épuisante. Il faut beaucoup de patience pour assister à sa sortie triomphale. Elle est consciencieuse cette abeille qui découpe sa cellule royale en la grignotant peu à peu comme on ouvrirait un œuf coque. Elle teste la largeur avec sa patte, disparaît, puis les mandibules reprennent inlassablement ce dur labeur dans un silence retenu. La détermination de la jeune souveraine est sa qualité première. Elle doit sans flancher se libérer de cette alcôve dont la pâte de cire couleur pain d'épices ressemble à une coque de cacahuète encore accrochéc au buisson d'arachide. Agenouillées, la tête dans le frigo-couveuse pour admirer l'éclosion de la jeune reine, Fanny et Angora ne se lassent pas du spectacle et en oublient le fourmillement dans leurs pieds.

— Je ne mentais pas, c'est magique, on est d'accord ? demande Fanny tout bas.

— Incroyable, unique ! Je me sens tellement chanceuse Fanny !

Dans quelques secondes la reine sera libre, mais elle reste méfiante. Il semblerait que le monde qui l'attend ne l'enchante pas vraiment, elle qui vient pourtant d'effectuer un travail de titan. L'apicultrice comprend que la lumière est trop forte, la reine doit éclore dans la pénombre et les lumières frontales sont des agressions. Fanny murmure.

— Fais comme moi Angora, éteins ta lampe. Il faut qu'elle ose sortir.

Les deux femmes appuient en chœur sur l'interrupteur de leurs frontales. L'abeille pousse alors le capuchon du cocon découpé à l'aide de ses deux pattes avant. L'image est celle d'un égoutier qui soulève la plaque de fonte pour sortir d'une galerie souterraine. Ses antennes, ses mandibules, ses deux pattes avant et ses grands yeux noirs à facettes sont maintenant en dehors de la cupule.

Toujours à voix basse, Fanny s'émerveille.

— Oui ma reine, montre-nous ta beauté suprême, montre-nous tes magnifiques billes noires. Angora, observe bien ses yeux, sais-tu ce qu'ils cachent ?

— Ils cachent une prouesse technique fascinante de la nature ! répond Angora en se relevant brusquement. Oui bien sûr j'ai appris ça en cours, je sais que ces deux gros globes noirs abritent au moins cinq mille yeux miniatures qui peuvent regarder partout séparément et qui lui envoient des centaines d'informations simultanées. Je sais aussi qu'elle a trois yeux perchés au-dessus de sa tête qui lui donnent des informations sur la lumière. Fascinant ce génie anatomique !

— Bon, je vais jouer la rabat-joie mais ce que tu décris Angora concerne surtout les ouvrières et les butineuses, tempère Fanny elle aussi debout maintenant. La nature ne se fatigue pas inutilement donc la reine n'a pas autant d'yeux que les autres abeilles. Elle n'en a pas besoin vu qu'elle passe la plus grande partie de sa vie dans la ruche sauf pour le vol nuptial et l'essaimage. Si tu la regardes bien, elle est plus lente, ses ailes sont plus petites car elle n'a pas besoin de beaucoup voler et elle n'a pas non plus de sac à pollen sur ses pattes. Par contre son corps est plus gros pour accueillir la semence des faux bourdons qu'elle va stocker en une seule fois et qu'elle utilisera pour pondre des larves à la chaîne toute sa vie. Pour résumer, la reine est une machine distributrice d'œufs. Elle est conçue et programmée uniquement pour le développement de la colonie.

— Vu comme ça, elle est donc exploitée par la communauté et esclave de son statut de pondeuse…

— Oui désolée Angora je casse un peu la magie, mais j'essaie de ne pas oublier ma mission de maîtresse de stage, reprend Fanny dans un sourire. Je voulais juste ajouter qu'en échange de son rôle de pondeuse industrielle, tout le monde s'active autour d'elle pour la bichonner, la nourrir, la ventiler, la faire vivre. La reine et ses puissantes phéromones sont l'essence même de la ruche, sans elles les autres abeilles perdent totalement leur raison de vivre. Elles sont toutes dépendantes de sa vitalité. Les ouvrières, les nourrices, les butineuses, les ventileuses, les bâtisseuses, les manutentionnaires, et même les gardiennes de la ruche, elles acceptent toutes leur soumission à la seule condition que la reine ponde ses deux mille œufs par jour. Au moindre fléchissement, la colonie commence à nourrir quelques larves avec de la gelée royale pour faire naître une nouvelle souveraine et le cycle continuera. Les abeilles ce n'est pas que du merveilleux, c'est aussi du productif et de l'exploitation de l'autre pour le bien communautaire, la cohésion du groupe avant tout !

— La reine est donc une sorte d'esclave reproductive prisonnière de ses hormones. Je confirme, le monde des abeilles perd totalement de son charme abordé sous cet angle, merci Fanny !

Mais Fanny est déjà retournée vers l'observation de la future pondeuse et elle fait signe à Angora d'approcher. La tête de l'abeille est maintenant totalement sortie de son abri de cire. Elle semble humer l'air nouveau, elle est indécise et on pourrait imaginer qu'elle choisisse de retourner subitement dans son antre. Finalement, elle se hisse sur le bord du cocon à l'aide de ses deux pattes avant. Instant solennel, Angora ne respire plus et sent l'émotion envahir sa gorge. Plus la reine se hisse hors du ventre de cire, plus son corps s'éclaircit. Encore un moment suspendu, elle se fige quelques secondes pour reprendre ses forces avant que vienne enfin la libération totale du reste de son corps. L'analogie avec la délivrance d'un bébé humain est frappante. Après quelques secondes d'intense silence, Angora reprend.

— Et elle va faire quoi maintenant qu'elle est sortie de son nid ?

— Je vais lui laisser le temps de faire le tour extérieur de son cocon, tranquillement. Elles le font toutes ! Je pense qu'elles ont besoin de découvrir leur nouveau monde en explorant d'abord l'enveloppe externe de leur nid. Je vais ensuite la marquer avec une pointe de peinture blanche et je la déposerai le plus délicatement possible dans la mini-cagette d'expédition avec les ouvrières qui lui tiendront compagnie pendant le voyage. Ses accompagnatrices vont climatiser la boîte. Elle est attendue en Allemagne par un apiculteur qui vient de perdre une grosse partie de son cheptel. Il faut absolument qu'il la reçoive avant six jours sinon elle sera rejetée par sa future colonie. Comme je te l'avais déjà expliqué, tout est minutieusement chronométré et nous n'avons pas le droit de perdre le rythme. Les vacances c'est donc en hiver pour nous !

— Et tu penses que ça devient critique toutes ces reines qui meurent trop vite ?

— Oui, critique, problématique, symptomatique, tout ce que tu veux, ça craint quoi. Il se passe quelque chose, personne ne peut le nier, les chiffres parlent. On connaît maintenant les causes les plus répandues de l'affaiblissement soudain des ruches…

— Les pesticides et le varroa en gros.

— C'est ça, mais à mon avis pour les reines ce sont plutôt les croisements et les méthodes de reproduction. Je me demande souvent si nous faisons notre métier correctement ou même si notre métier n'est pas un des facteurs de leur épuisement. Quand je vois aux États-Unis des fermes apicoles géantes, je peux pas m'empêcher de penser que cette apiculture intensive est contraire au rythme des abeilles. Ils produisent plus de deux millions de reines chaque année, c'est délirant. Ils ont même réussi des croisements pour créer des abeilles résistantes au varroa. Finalement, ces abeilles hybrides sont hyper-agressives et ne stockent plus le miel ! Voilà ce qu'il se passe quand on exploite un animal à un niveau industriel. Et aujourd'hui, on doit remplacer les reines au bout de deux saisons seulement. Nous devenons trop gourmands et ça les épuise, comme dans tous les domaines que l'humain exploite. J'ai parfois envie d'arrêter l'élevage tu sais, je n'aime pas cette sensation d'industrialiser, ça cache toujours de la domination. J'ai le sentiment d'être une espèce de démiurge qui décide de modifier le cours de leur histoire. Et en même temps je sens que les reines que je produis sont très attendues. Je me pose clairement la question de la légitimité de mon boulot de plus en plus souvent tu sais.

Angora se relève, mains sur les hanches.

— D'accord, je te suis. Mais tu as aussi besoin de ça pour vivre non ? Je veux dire, puisque toi tu fais gaffe à ta méthode de production et au partage du miel avec les abeilles, rien de choquant de mon point de vue.

— Parfois j'ai juste envie de les observer…

— Mais faut bien que tu manges Fanny ! Sans ton travail d'élevage de reines, il se pourrait que tes abeilles disparaissent pour de bon. Tu es une démiurge bienfaitrice à mes yeux.

— Je ne sais pas… Je suis pas supérieure aux abeilles, on fait partie du même monde. En tout cas ce ne sont pas mes abeilles, elles ne m'appartiennent pas. Tout comme Ginka ne m'appartient pas, on s'accompagne, on se fait du bien. On vit dans une période de paradoxe écrasant, tu sais le paradoxe de l'humain qui idolâtre la vie en recherchant une sorte d'immortalité divine tout en encourageant des spirales mortifères.

Angora se dirige vers la bouilloire en souriant car elle sait que Fanny va se lancer dans un monologue agité sur son métier et qu'un thé sera le bienvenu. Elle aime la façon dont cette femme vit pleinement son activité. Elle ne semble jamais séparer l'intellect de l'instinctif, la raison de la passion, le savoir de l'intuition. Elle la sent entière et sincère, intelligente et fragile, érudite aussi comme à l'instant lorsqu'elle a évoqué l'humain tout-puissant face à la nature. Fanny trouve les bons mots là où elle n'a que des élans et des impressions qu'elle ne sait pas toujours formuler.

Angora lui tend un thé fumant dans une tasse géante. Elle affiche un sourire encourageant, elle aime l'écouter disserter sur les abeilles, elle se gorge de ses paroles, elle apprend, elle intègre, elle en veut davantage. Sensation de se nourrir et de grandir à la fois.

— Tu sais qu'après l'hibernation la butineuse sort de la ruche le jour même où fleurit le saule ou le pommier dont elle a besoin ? Elle sait. La nature communique de manière tellement plus subtile que nous… mais non ! Nous nous pensons toujours en êtres supérieurs. Elle mérite qu'on la laisse tranquille cette nature car tout y est minutieusement organisé. Mais bon, nous sommes des amnésiques collectifs, on oublie vite ce qui nous terrifie, histoire de pouvoir continuer à vivre sans trop d'angoisse.

Fanny se laisse tomber dans le canapé.

— Toi tu me redonnes espoir Angora, ton énergie, ta fougue, ton audace, ton impertinence. La femme est l'avenir de la nature et du monde ! Finies les concessions !

Angora s'étonne du compliment inattendu qu'elle estime complètement démesuré. Elle sourit de voir l'apicultrice qui s'échauffe et qui reprend vie comme toujours lorsqu'elle parle de son métier. Ses gestes sont amples, ses yeux bruns brillent davantage et s'animent en même temps que sa bouche dessinée à la perfection. L'empreinte de l'ange est toujours visible au-dessus de ses lèvres. Enfant, Angora aimait lorsque sa mère lui racontait cette histoire de l'ange qui vient poser son index sur la bouche du bébé au moment de sa naissance. Il paraît qu'il demande alors à l'enfant d'oublier toute la connaissance et la sagesse innées du monde qu'il possède dans le ventre de sa mère. Le sceau de l'ange qui nous fait naître totalement innocents et vierges de tout souvenir. Elle remarque aussi pour la première fois une gourmette s'agitant autant que le bras qui la porte. Une gourmette comme une erreur, une gourmette masculine sur un poignet fin et délicat. Pendant que Fanny continue à s'enflammer en évoquant la folie de cette nouvelle ère funeste, Angora n'a qu'une idée en tête, essayer de lire le prénom inscrit sur le bijou. La première lettre est un D.

— Fanny, cette gourmette ? D ? C'est…?

La question lui a échappé, sa curiosité l'a emporté sur la retenue. Fanny arrête son geste, déroutée. Ses yeux qui se perdent, sa bouche qui retombe.

— *D* comme Diego, mon fils… Mon fils disparu.

Sans un regard pour la stagiaire, Fanny pose sa tasse de thé avec une légère hésitation sur la table basse installée devant le vieux canapé en cuir près du poêle. Elle descend la lampe frontale autour de son cou et attrape la boîte dans laquelle elle déposera bientôt la reine qui continuait son tour exploratoire autour de son ancien cocon pendant que les deux humaines discutaient de la marche du monde. Fanny ne semble pas troublée par cette révélation sur le prénom de son fils bien que le silence se soit emparé de l'atelier. Elle signifie ainsi à Angora que le travail reprend et qu'aucune autre question ne sera autorisée. La stagiaire retourne à son poste d'observation, admirative des gestes assurés et sereins de l'apicultrice lorsqu'elle attrape du bout de ses doigts et en douceur l'abeille qui vient de naître.

— Angora, tu t'es levée tôt à cause du marché. Rentre chez toi cette après-midi. Je peux me débrouiller seule pour transporter les ruches de La Haye chez Suzanne.

— Mais, tu es sûre ? Seule c'est un énorme boulot !

— Et comment tu crois que je faisais avant ton arrivée ? Il a bien fallu que je me débrouille depuis que je suis ici, ne t'inquiète pas je vais m'en sortir.

Angora hésite, elle n'arrive pas à déterminer si Fanny la renvoie pour rester seule, ou si c'est une marque de gentillesse. Mais le sourire de Fanny, cadeau si rare, finit par la rassurer.

— Tu es sûre ? Bon O.K., on se retrouve aux ruches de La Haye demain matin pour la pose des chasse-abeilles alors ? Appelle-moi si tu as besoin, je vais passer chez Suzanne avant de rentrer chez moi, je serai dans le coin toute l'après-midi je pense. Salut Ginka !

La chienne, allongée près du poêle se lève d'un bond. La naissance d'une reine ne déclenche aucun intérêt ni bonheur chez elle mais la perspective d'une sortie, oui !

— Ginka, reste tranquille ma belle, Angora te disait juste au revoir. On va aller se balader dans quelques minutes, laisse-moi le temps de finir mon travail avec la jeune reine.

Les pattes de la chienne fléchissent et elle se laisse alors glisser sur les tomettes de l'atelier puis rapidement ses yeux se referment dans une douce langueur. Fanny retourne vers la minutieuse préparation de la reine pour tenter de calmer l'agitation interne réveillée par la question d'Angora. Avec beaucoup de précaution, elle maintient l'insecte par le thorax entre son pouce et son index puis dépose une petite goutte de peinture sur son dos. Elle se demande si Angora n'aurait pas rencontré un garçon car elle passe de plus en plus de temps au bar de l'Écluse et elle évoque très souvent l'équipe sympathique de la Péniche Spectacle. Elle sent une pointe d'envie et de nostalgie quand elle repense à cette époque révolue de la soif des rencontres, des jeux de séduction et des bandes festives. Une fois marquée, elle installe l'abeille royale dans la boîte de plastique aérée et attrape quelques ouvrières tout aussi délicatement pour les ajouter au convoi en partance pour l'Allemagne. Elle devra ensuite préparer les colis avec les dix reines produites dans la journée et les emmener à la poste du bourg avant de partir pour le champ de La Haye. C'est aussi ce qu'elle aime dans son métier, les tâches non répétitives, les journées qui ne se ressemblent jamais, c'est un des avantages à travailler avec le vivant. Elle aime totalement sa liberté et les comptes qu'elle n'a jamais à rendre à personne. Elle sait qu'elle a trouvé le métier idéal et elle tente de résister comme elle peut à l'idée de tout remettre en cause. Elle essaie de ne pas céder au désir d'abandonner. Est-ce donc sa nature de toujours tout remettre en question, de décortiquer ? Son père lui disait souvent d'arrêter de couper les cheveux en dix, vingt, trente et sa mère de ne pas être si anxieuse. Il lui semblait alors que c'était une bêtise d'avoir peur et elle se sentait ridicule, pitoyable et décevante. Tout en essayant de balayer ces souvenirs porteurs de sensations désagréables, Fanny attrape son cahier d'élevage dans lequel elle doit consigner ses opérations de manière ultra-précise avec la date, l'heure et le type d'opérations menées pour chaque reine d'abeille. Elle a l'obligation de laisser une trace détaillée de l'élevage pour des raisons administratives et sanitaires. Elle s'y soumet sérieusement depuis qu'un agent de la Direction des services vétérinaires était venu contrôler ses couvains au début de son activité d'éleveuse puisqu'elle avait déclaré qu'elle exportait hors d'Europe. Elle avait reçu un avertissement et une amende car elle ne remplissait aucun registre à l'époque. Elle avait plaidé l'ignorance mais l'agent avait été intraitable et le montant à payer si élevé qu'elle avait compris la leçon. Finalement, on doit toujours des comptes à la société. Ginka vient bousculer son bras à l'aide de son museau, certainement pour lui rappeler la balade promise. Fanny la regarde, sourit, s'attendrit, la caresse et referme finalement son registre avec une certaine satisfaction du travail bien fait.

— 9 —

Elle soulève une ruche sur le plateau de son camion lorsqu'une douleur explosive jaillit au sommet de son crâne, glisse vers l'atlas, se diffuse dans les vertèbres cervicales, court le long de sa colonne vertébrale pour irradier tout son bassin. C'est un torrent de souffrance qui la submerge et ce n'est pas tant la douleur que l'inquiétude qui la terrasse et l'arrête dans son mouvement. Son dos ne doit pas se bloquer. Impossible. Elle refuse que son corps abandonne. Les élancements au niveau de son bassin ne sont pas un bon signe et c'est ce qui l'angoisse. Ginka elle-même arrête le mouvement de balancier de sa queue à l'écoute de l'immobilité soudaine de Fanny. Elle perçoit l'ombre anxieuse de sa compagne dans le geste stoppé brutalement et aboie alors de manière plaintive comme si elle l'implorait de reprendre son travail. En réponse à la supplique de Ginka, Fanny décide alors de reposer la ruche, les genoux bien pliés, le dos bien droit avant de se relever avec lenteur en fermant les yeux pour tenter de stopper les larmes provoquées par une souffrance physique à la limite du supportable. Et la chienne de pousser des grognements aigus et inquiets en s'agitant autour de son humaine.

— Ginka, ça va aller. Je finis de transporter les dernières ruches comme prévu et on y va. C'était vraiment l'idée du siècle d'avoir proposé à Angora de prendre son après-midi, bien joué ! marmonne l'apicultrice en se tenant le bas du dos avec une grimace angoissée. Quarante-deux ans et je suis en vrac, mon futur corps de vieille vient me faire des petits signes d'approche que je n'aime pas du tout. Allez allez... Tout doux... Ginka... Je vais bien.

Elle descend du camion en s'asseyant sur le bord du plateau, se laisse glisser vers le sol puis se dirige à pas traînants vers les trois dernières ruches en se tenant au châssis en acier de la camionnette. Elle avance en mode très ralenti ce qui lui donne une allure de vieille femme impotente. Concentrée sur sa douleur et gênée par la grille de protection devant son visage, elle bute dans le jerrican d'eau qu'elle pose toujours près du camion lorsqu'elle travaille sur le rucher avec un enfumoir. Le bidon d'eau bascule sur le côté, Fanny n'est pas loin de la chute, l'eau se répand et Ginka saute du plateau, la soif lui faisant oublier la prudence face aux abeilles.

Larmes aux yeux qui menacent à nouveau, elle envie tout à coup la musculature d'Angora. Toute apicultrice devrait s'adonner avec rage au CrossFit ! Plus les jours de stage passent, plus Fanny envisage de proposer à son binôme de rester travailler avec elle à la fin de sa formation.

Pour le moment elle doit finir sa corvée seule, elle se reposera chez Suzanne, un peu plus tard. L'épreuve lui paraît toutefois insurmontable et seule la beauté de son cadre de travail idéal, de ce paysage champêtre lyrique et romantique du champ de La Haye lui donne la force de continuer. Sa mère lui disait souvent : « Si tu aimes la beauté, tu auras une belle vie. »

— Maman si tu savais, maman si tu voyais ma vie.

Fanny frotte alors ses tempes en un geste saccadé.

— Fanny arrête, là tu es trop fatiguée, tu commences à associer des chansons à tes pensées, c'est pas bon signe, faut arrêter tout de suite sinon ça devient infernal.

Ginka aboie avec force vers Fanny pour la rappeler à l'ordre car elle n'aime pas lorsque sa compagne marmonne pour elle-même.

Tout en continuant à frictionner ses tempes, Fanny se dit qu'elle aurait besoin d'un levier pour l'aider à soulever les ruches mais ça n'existe pas. C'est dommage, un levier serait tellement pratique pour ne pas se casser le dos, il faudra qu'elle aille faire un tour dans la grange de Pascal, le grand bricoleur, il aura certainement quelque chose à lui proposer.

Arrivée devant la rangée de ruches à grand-peine, elle espérait pouvoir reprendre sa tâche mais elle reste immobile face à ces maisonnettes qui lui font maintenant penser à des poids d'haltérophilie impossibles à soulever. Elle n'imagine plus pouvoir transporter quoi que ce soit de la journée. La douleur de son bassin gagne maintenant sa jambe droite. Elle sent qu'elle est bloquée, le moindre mouvement lui soulève le cœur de douleur. Trouver un dernier sursaut d'énergie pour retourner vers la camionnette et partir chez Suzanne. Il faut qu'elle se débrouille seule, elle n'a aucun moyen de prévenir qui que ce soit puisqu'elle n'a pas pris son téléphone portable.

— Mais que je suis conne parfois. À quoi ça sert ce téléphone si ce n'est pour prévenir ou appeler en cas de besoin ? J'ai tout faux aujourd'hui.

Au moment où Fanny met la main sur la poignée de la camionnette, Ginka aboie avec agressivité et ce n'est pas dans ses habitudes. Fanny lui demande fermement d'arrêter et de descendre du plateau pour la rejoindre mais la chienne redouble de grogne. Elle se décide à sauter du plateau pour la rejoindre mais elle aboie de plus en plus fort en direction de la route. Fanny se retourne avec peine et soulève son chapeau et son voile de protection mais son geste est lent à cause de la douleur. Elle n'aperçoit que furtivement l'arrière d'une camionnette bleue faisant demi-tour. Elle n'y prête que peu d'attention, bien plus préoccupée par la façon dont elle va pouvoir se hisser au volant de son véhicule. L'intrus s'éloignant, Ginka monte près de Fanny et se calme. C'est seulement à ce moment que celle-ci se sent troublée avec la drôle de sensation que cette camionnette lui est vaguement familière.

— Certainement un de mes charmants voisins qui m'adore et hésite à venir me féliciter pour mon travail, hein Ginka, qu'en penses-tu ? Allez direction l'écluse. Enfin, je vais essayer de conduire.

Au volant de son camion, des pensées anxieuses l'assaillent. La douleur semble vouloir la stopper dans son élan de positivité matinal. Comme piégée dans l'attente du retour de son fils. Elle est heureuse de la présence d'Angora et de celle de plus en plus régulière de Pascal mais elle sait aussi que son attente doit être solitaire, elle a besoin de se retrouver seule pour penser à Diego, se reconnecter au manque est ce qui le garde vivant, si elle est trop souvent entourée, si le bonheur se réinstalle, Diego disparaîtra de certaines de ses journées et elle ne peut pas le supporter. Elle est prisonnière de cette disparition, de ce vide. Elle ne peut pas quitter cette absence sous peine de perdre même le souvenir de son fils. Elle lui en veut parfois de la violence provoquée par son départ. Cherche-t-il à lui faire payer ses silences, son manque de combativité ? Si elle avait été comme Angora, une battante, une femme qui affronte, peut-être que son fils n'aurait pas eu besoin de disparaître pour reprendre sa respiration, pour continuer à vivre. Il avait besoin de s'éloigner pour rester en vie, signe de l'échec total d'une mère. La rumination est un poison mais l'oubli en est un tout aussi fort. Fanny essaie de trouver un équilibre qui l'aide à tenir debout pour retrouver son fils. Alors ses abeilles qui produisent à foison, les amis qui l'entourent, les succès de collaborations fructueuses, elle les apprécie mais elle ne peut pas se réjouir trop fort, ce serait une trahison envers Diego et ce mal de dos qui la terrasse elle le ressent comme un cadeau pour stopper ce début d'insouciance.

Elle arrive enfin chez Suzanne en empruntant exceptionnellement le chemin de halage avec son véhicule pour décharger les ruches. Suzanne a rénové le lieu avec goût. Les volets et les huisseries bleu Bretagne apportent de la chaleur à la façade de granit clair. Les mini-palmiers bordant la terrasse comme des intrus dans ce paysage champêtre appellent à la détente et à la fête. Elle se gare sur le côté de l'ancienne maison éclusière, le long de la barrière qui enferme un jardinet tout aussi charmant bien que peu entretenu. Les ruches seront installées dans le champ mitoyen sous une haie de pommiers sauvages et de saules pleureurs. Fanny sait qu'elles seront bien visibles du canal et offriront au paysage une sorte d'élégance bucolique.

Elle entre dans le restaurant aux effluves rassurants. Derrière le comptoir du bar, Suzanne essuie des verres mais elle arrête son geste dès qu'elle aperçoit son amie.

— Fanny, que se passe-t-il, tu as vu ta tête, *bloody hell* ? C'était jour de marché ce matin, tu n'as pas dormi assez c'est ça ? Mais dis quelque chose tu es toute figée, tu as mal quelque part ? Fanny parle-moi tu me fais peur là.

— Non Suzanne t'inquiète pas, c'est juste mon dos. J'ai horriblement mal du haut de ma tête jusqu'à mon pied droit. Dix-sept ruches, on a dix-sept ruches à descendre du camion mais je sais pas comment faire. Désolée. Je crois que je peux pas. Je…

— *Oh my god*, ma Fanny. Bon, toi tu vas t'allonger sur le canapé du fond, O.K. ? Moi je m'occupe des ruches avec Nicolas. Une chance, il travaille en salle aujourd'hui, j'ai pas plus costaud comme employé.

— Merci Suzanne, je suis désolée, vraiment. Je vais m'asseoir alors. Les combis, vous prenez les combis intégrales et vous enfumez quand même, d'accord ?

— C'est ça, oui. Nicolas connaît, il gère. Toi tu bouges pas. Je t'apporte un thé et de quoi manger parce que je suis sûre que tu as grignoté un quignon de pain rassis comme repas ce midi, je me trompe ?

Regards complices souriants.

— Suzanne tu exagères un peu quand même. Mais oui d'accord je veux bien manger quelque chose. Dorlote-moi j'avoue j'en ai besoin. Et… Et aussi as-tu du papier et un crayon, je voudrais écrire. Tu sais…

— Oui oui oui, j'ai tout ça et je mettrai ta lettre dans la boîte à chaussures, c'est ça que tu veux écrire n'est-ce pas ?

Sourire entendu de la patronne du bar, elle aime quand Fanny se tourne vers son fils, même si c'est au bout d'un crayon, Suzanne croit au pouvoir de l'écrit.

Lettre 2.
Jeudi 28 mai.

T'écrire te rend vivant. T'écrire te rend possible. L'éventualité que toutes ces lettres restent éternellement abandonnées dans une boîte à chaussures derrière le comptoir d'un bar n'est pas concevable. Je veux croire qu'un jour tu viendras les chercher.

Tu avais raison, l'air était devenu irrespirable et tu as fui pour ta survie.

J'ai suivi ton exemple. Les enfants nous font grandir, toi tu m'as sauvé la vie. Ta désertion m'a ouvert les yeux pendant qu'elle déchaînait la colère de ton père. Tu as quitté une famille en guerre, tu as atomisé notre quotidien chancelant.

Le premier soir, quand à 20 heures tu n'étais toujours pas rentré du lycée, j'ai fini par appeler ton portable éteint. Des centaines d'appels dans le vide de ta messagerie. J'ai contacté certains de tes amis qui m'ont tous confirmé ta présence en cours avec ton attitude habituelle, distrait et bavard en classe, rire sonore pendant les pauses, rien d'inquiétant donc. Plus tard dans la soirée ont suivi les appels aux hôpitaux et à la gendarmerie, les nœuds dans l'estomac, la panique et la nuit sans sommeil. Personne ne t'avait vu, personne ne savait rien et j'avais l'étrange impression de m'effacer avec toi. Je m'arrête dans la description des recherches car il m'est trop difficile de revivre ces sensations de malaise, de trou béant, de spirale du vide qui me donnaient et me donnent toujours envie de vomir. Pendant que je me liquéfiais, ton père enrageait. Je ne sais pas si je dois continuer à écrire la suite. Dois-je te raconter le lendemain de ton départ, ai-je le droit de te dire toute la vérité ? Je pose mon stylo, laisse-moi réfléchir.

Je reprends ma lettre après le départ de Suzanne venue s'installer avec son café pour discuter un peu. Je suis au bar de l'Écluse, le bar de Suzanne. Je suis assise à la table du fond, celle avec une vue réjouissante sur le canal et la nature qui l'entoure, devenue mon refuge. Je soupçonne mon amie d'avoir surtout remarqué mon regard terrifié. Je lui ai raconté mon dilemme, c'est la seule qui connaît les événements ici. Elle m'a convaincue. J'écris ces lettres pour te dire ton histoire. Elle a raison, alors voilà.

Ces mots sont peut-être difficiles à écrire mais ils seront plus douloureux encore à lire puisque c'est ton père que je vais décrire. Les phrases qui vont suivre, tu dois les tenir à distance, elles pourraient bien t'emmurer dans une culpabilité dangereuse. N'oublie jamais que rien de ce qui est arrivé ne t'appartient. C'est l'histoire de tes parents qui rebondit sur toi par ricochet et je suis fière de ta décision courageuse de ne plus jamais rentrer à la maison. Le lendemain de ton départ, ton père est devenu fou. Pendant que j'imaginais un accident ou une mauvaise rencontre, lui, dans un flash de lucidité, n'avait qu'une idée en tête : tu lui avais échappé, il ne te contrôlait pas autant qu'il le croyait, un échec total ! Cet homme vit la défaite et tout ce qu'il considère comme trahison avec rage et colère. Il n'a jamais levé la main sur toi, peut-être car tu es un garçon, tu fais partie de la lignée, mais il a toujours surveillé le moindre de tes gestes, la moindre de tes notes, tes amis, ton portable, tes activités. Le contrôle comme une maladie. Il a donc tourné sa frustration, sa folie et sa haine vers la seule personne présente ce soir-là. Les coups, le sang, les cris, la peur, je ne veux pas te les détailler. Juste te dire que je suis restée dix jours enfermée à la maison. Je me suis soignée seule, sans bouger de l'appartement. Ces dix jours à panser mes blessures à l'aide de crèmes, de désinfectant et de paracétamol étaient le théâtre d'un jeu de dupes avec pour thème principal, ma survie. Ma décision était prise mais je ne voulais pas prendre le risque de réveiller sa fureur en lui annonçant mon départ. Je refusai de mourir sous ses mains puisque je devais vivre pour te retrouver. Ces mêmes mains qui m'avaient donné tant de plaisir étaient devenues des armes mortelles. Parce que bien sûr comme beaucoup d'histoires de violence conjugale, celle-ci avait commencé par de l'amour passionnel et aveuglant. Ton père est un homme exalté, beau, différent et jamais personne ne m'avait regardée avec autant de puissance, de fougue et de force. Il me voulait et son désir violent de moi était une victoire pour la jeune fille discrète, un peu gauche et pleine de doutes que je croyais être. Il m'enivrait de son idolâtrie et je me suis laissé bercer d'illusions. Voilà ce qui se mêle chez ton père, la fougue amoureuse et la fougue destructrice.

Toi tu n'es coupable de rien dans cette sordide histoire tristement banale. Sais-tu que le féminicide est le propre de l'homme ? Ça n'existe pas dans le monde animal. Sais-tu que chez l'humain, le pire ennemi de la femme c'est l'homme ? Oui c'est très sérieux. C'est une folie cette société humaine qui a encouragé les mâles à tuer les femelles. Nous sommes tellement archaïques derrière nos écrans de technologie. Sais-tu que nous sommes également la seule espèce vivante qui détruit l'environnement dans lequel elle vit ? Mais c'est une autre histoire. Parfois j'ai juste envie de m'enfermer avec Ginka, la magnifique chienne blanche que j'ai recueillie (oui, tu as bien lu, je vis avec un chien moi qui comme toi avais une peur panique de ces bêtes féroces !). Mais il faut que je reste à l'écoute du monde pour te retrouver. La seule pensée qui me rend quelque peu heureuse c'est que tu as fui. Si tu t'es soustrait à la violence d'un père j'imagine que tu la refuses et qu'elle ne fera donc pas partie de toi.

Peut-être as-tu ainsi stoppé la chaîne de la brutalité héréditaire qui coule dans les veines de ton père. C'est ancestral, certaines familles sont marquées par la maltraitance et tes ancêtres paternels en font partie. Depuis mon départ définitif, j'ai compris sa mécanique de la violence mais jamais je ne lui pardonnerai. Je ne l'excuserai jamais de nous avoir entraînés tous les deux dans son processus destructeur. La seule chose intacte c'est l'amour infini que j'ai pour toi. Je voudrais seulement te savoir en vie et savoir où tu vis pour que cet amour ait un but, qu'il n'erre pas dans le vide de ton absence. Je me sens coupable, j'aurais dû m'échapper plus tôt avec toi et pour toi.

Reviens. J'ai tellement de choses à te dire, renifler ton odeur, me réjouir de ton sourire, me sentir fière en surprenant tes yeux ardoise au regard intense et affûté. J'ai besoin de te savoir vivant pour dormir un peu.

Mais je reviens au lendemain de ton départ. Le matin, avant que ton père n'enserre mon cou de ses mains meurtrières, j'avais trouvé un bout de papier glissé dans ma trousse de maquillage. Ce mot dans lequel tu réclames de l'air et que je garde encore aujourd'hui dans le tiroir de ma table de nuit. Ce mot qui m'a sauvée. En arrivant dans la cuisine pour préparer le petit déjeuner, je réalisais que tu avais mûri ton départ et je n'ai pu empêcher un sourire distrait se former sur mes lèvres soufflant sur mon thé du matin, tu étais vivant. Première gifle avant le déferlement. Ce sourire, ton père l'a vu comme un affront, je me réjouissais de sa défaite et j'allai être punie pour cette moquerie.

J'aurais dû partir et claquer la porte mais comme toujours, l'esprit malade face à moi anéantissait toute réaction corporelle tant mon cerveau avait été formaté à la soumission et endormi à force de maltraitance. Je ne pensais plus qu'à une chose, j'étais fière de toi et j'allai te retrouver quand il aurait fini son acharnement habituel. Mais cette fois sa colère était différente, une sorte de désespoir froid accompagnait chacun de ses coups, sa folie était devenue meurtrière. Mon sourire avait allumé une mèche qui ne s'éteindrait qu'avec l'arrêt de mes cris, lorsque la force physique m'aurait quittée. Je ne peux pas t'énumérer les blessures et les mots qui salissent et qui détruisent. Je peux seulement te dire que j'ai perdu connaissance. Je me souviens de ses mains autour de mon cou, de ma vue trouble et de la force que je suis allée puiser en toi pour lui murmurer dans un souffle rauque « Pense… Diego ». Il a lâché mon cou mais je ne m'en souviens pas. Je me suis réveillée seule dans le silence et le noir absolu de l'appartement désert. J'ai évalué mes forces, l'état de mon corps, mes blessures et j'ai pensé à toi, j'étais toujours vivante pour partir à ta recherche. Mais pas tout de suite, il fallait que je sois patiente.

Il est rentré à la maison deux jours plus tard. Doux, calme, sans jamais évoquer les bleus sur mon visage qu'il évitait de regarder. Pendant une semaine il est parti le matin au travail pour me retrouver le soir au même endroit, dans ce canapé qui accompagnait ma convalescence. J'attendais que mes bleus disparaissent pour retourner au travail. Je ne dormais plus sans le couteau de cuisine caché entre le matelas et le sommier, je ne cuisinais plus sans la mini-bombe lacrymogène dans la poche de mon gilet cachée dans des vieux mouchoirs en boule, j'étais une proie à l'affût du prédateur.

Le jour où j'ai repris mon poste à l'hôpital, je savais que je ne rentrerai pas. J'ai glissé mon passeport et mon livret A dans mon sac à main avant de claquer la porte de l'appartement. Je n'avais aucun plan. Je ne savais pas où j'irai mais j'avais la journée pour me décider. Ça n'a pas échappé à mes collègues qui me trouvaient distante et me taquinaient en me conseillant de retourner en vacances. Au moment de la pause de 10 h 30, Manon, ma binôme infirmière, s'est mise à me parler de patients arrivés avec des pathologies inconnues. Problèmes respiratoires et cardiaques, l'un d'eux était en train de mourir sans qu'aucun traitement puisse l'aider, son système immunitaire l'attaquait et le rongeait de manière fulgurante. Je savais qu'on était démunis face à ce genre de pathologie mais je n'avais aucune envie de continuer la discussion sur le sujet, alors je me suis tue. Elle était intarissable et sincèrement inquiète car ces trois patients avaient un point commun, ils revenaient tous de Chine et le service des maladies infectieuses avait été mis sur le coup. Je n'ai pas besoin de t'en dire plus, tu comprends ce qui se jouait et que j'étais loin d'imaginer. J'entendais Manon mais je ne l'écoutais pas vraiment, je réfléchissais à mon départ. Pendant qu'elle parlait, je buvais mon thé tout en fixant l'affiche encadrée au-dessus de la machine à café. Je la regardais sans la voir, elle faisait partie du décor quotidien mais soudain j'ai eu l'étrange sensation que le gardien du phare venait de bouger. L'extrême fatigue mentale bien sûr mais je me suis mise à observer la photo différemment. Ce gardien de phare refermant sa porte au moment où une vague gigantesque est prête à s'abattre sur lui. Quelques secondes de plus à regarder l'hélicoptère tourner autour de son phare et il se faisait happer par la vague. Je pense que tu la connais cette image symbole de notre petitesse face aux éléments. Je réalisais seulement ce matin-là que l'affiche représentait à la perfection notre travail à l'hôpital de Courbevoie, toujours en équilibre entre la vie et la mort des patients bien sûr mais aussi entre la bonne humeur et les jours sombres de grande fatigue par manque de personnel et donc de sommeil, mais je m'égare. J'ai fini par couper la parole à Manon pendant qu'elle continuait à décrire ces étranges pathologies inquiétantes.

— Manon, sais-tu où a été prise cette photo ?

— Oui, tu connais pas ? C'est à Ouessant, le phare de la Jument. Mais pourquoi tu me demandes ça ? Tu m'écoutes ?

— Oui oui, bien sûr que je t'écoute.

Voilà, je savais maintenant où partir. Je devais aller à la rencontre de ce gardien de phare. J'ai appelé Lucie pour lui laisser des instructions car je savais que tu irais vers elle si tu me cherchais alors que ton père se souvenait à peine de son existence. Cette amie d'enfance que j'ai volontairement tenue à bonne distance de l'homme qui me détournait de tout mon entourage était le seul secret que je partageais avec toi. J'avais inventé une histoire hallucinante que tu as aimé croire, l'histoire de mon amie Lucie, prof d'anglais en couverture mais grande espionne au service des Américains dont personne ne devait connaître l'existence à part nous deux. Instinct de survie peut-être. Mais tu n'as jamais contacté Lucie depuis que tu es parti.

Après cette journée de travail à Courbevoie, j'ai pris le train direction Brest. Une nuit dans un hôtel en plastique et une traversée chaotique pour rejoindre Ouessant. Je me suis alors terrée sur cette île où tout me faisait pleurer. La beauté du paysage marin, le vent, les souvenirs, le soulagement d'être en vie, l'angoisse de ne pas savoir où tu étais, le manque, la peur, la solitude, le regard hostile de la vieille voisine, j'étais devenue un puits sans fond de larmes.

Je m'aperçois que je ne t'ai pas encore raconté quel est mon nouveau métier ni où je vis. Ce sera pour une prochaine lettre mais je te donne un indice, je travaille avec des reines. Non, tu ne vois pas ? Un deuxième indice, elles sont entourées d'ouvrières qui produisent un nectar terriblement sucré que tu aimais tartiner sur tes tranches de brioche grillée au petit déjeuner. Trop facile. Oui j'arrête, je sais que tu n'es plus un gamin aimant jouer aux devinettes. Laisse-moi juste imaginer tes yeux gris de petit garçon levés vers le plafond quand je t'ennuyais avec mes énigmes que tu trouvais « pourries », ta bouche surjouant la gêne, et tes boucles, tes boucles brunes et pétillantes s'agitant autour de ce visage diaphane que j'adore.

Je me lève très tôt demain matin, une grosse journée de travail. Nous allons déposer des chasse-abeilles dans les ruches pour préparer la récolte dans deux jours, le miel de juin s'annonce grandiose ! Je travaille avec une stagiaire qui s'appelle Angora. Elle a ton âge et j'aime penser que tu t'entendrais bien avec elle. La voilà d'ailleurs qui arrive en renfort car je devais installer des ruches dans le jardin de Suzanne mais je me suis coincé le dos. J'ai la chance d'avoir une stagiaire hyper-musclée, elle m'impressionne. Je me demande souvent si toi aussi tu es étudiant et je joue parfois au jeu cruel d'imaginer quelle matière tu étudies. J'aime aussi penser qu'un jour peut-être tu viendras travailler avec moi dans cet environnement réjouissant où il ne manque que toi pour que je l'appelle paradis.

— 10 —

Fanny marche seule au milieu de son rucher qui longe le champ de La Haye. Elle admire le spectacle éphémère des ruches en bois et de leurs toits argentés alignés au milieu d'une verdure débordante. Elles sont chics ces ruches surplombant la prairie aux nuances pastel. Des camaïeux de verts, de mauves et de bleus, couleurs des fleurs médicinales de Louise l'horticultrice. Cette marche solitaire et matinale éveille le système nerveux de l'apicultrice. Nature florissante et harmonieuse avec en toile de fond le soleil et ses rayons blancs à travers un rideau de vieux bouleaux, bourdonnement des abeilles qui butinent avec ardeur, le décor floral tel un tableau incite à la rêverie. Ses sens sont en éveil et elle profite de ces rares instants pendant lesquels elle a la sensation intense d'être totalement présente au monde qui l'entoure. Elle ne regarde plus un beau paysage, elle est le paysage. Moment fugace mais éblouissant durant lequel elle perçoit son union intime avec la nature, son appartenance à la Terre, sa place et donc son humanité. Elle s'arrête entre deux rangées de fleurs, se baisse et pose la paume de sa main sur l'herbe puis sur les levées de terre aux pieds des plantations, besoin de toucher le sol pour se relier totalement. Tiède douceur d'une terre encore humide de rosée, effritement de l'humus entre ses doigts, caresse moite des reines-marguerites, Fanny ferme les yeux. Étourdissement et transcendance. Elle reçoit cette beauté sensuelle comme un cadeau. Cette vue stimule également son esprit. Les idées fusent, se croisent, s'agitent. Il règne dans ce champ un parfum de révolution. L'association de Fanny et Louise pour le butinage des abeilles bouleverse la trajectoire classique empruntée par une société avide de consommation rapide. Les deux femmes, à l'inverse, ont décidé de respecter le temps de la nature et ce choix est devenu révolutionnaire. Cette idée de rébellion lui rappelle la discussion de la veille avec Angora sur le monde qui flanche et sur cette nouvelle génération contestataire que la stagiaire incarne si bien, elle qui se bat sans compromis possible. Elle affronte, elle parle fort, si elle doute elle ne le montre pas. Tout en ressassant ses inquiétudes face à un XXIe siècle vacillant, Fanny revêt maintenant sa combinaison intégrale d'apicultrice avec gants et chapeau voilé. C'est le signal pour Ginka qui se réfugie alors sur le plateau de la camionnette. Elle sait que lorsque sa compagne est habillée de cette chose blanche, elle ne doit pas s'approcher trop près car les abeilles sont agressives. Fanny est prête et se dirige vers la rangée de cabanes miniatures pour y installer ses chasse-abeilles, technique qu'elle a choisie pour la collecte du miel. Elle insère à chaque veille de récolte cette grande planche en bois munie de rondelles en plastique jaune entre la hausse et le corps de la ruche. Les abeilles présentes dans la hausse seront alors libres de se rendre dans la partie basse, auprès de leur reine et des larves à nourrir mais ce sera à sens unique. Elles descendront par les petits canaux comme des toboggans miniatures mais ne pourront plus remonter. Il suffira ensuite de prélever les cadres débordant de miel pour les emmener à la miellerie. Elle utilise cette méthode car elle est moins agressive que le brossage ou le souffleur à moteur thermique pour évacuer les abeilles. Elle aime aussi l'idée que les abeilles sont moins stressées par la récolte, pas de panique engendrée par la brosse, tout se passe dans le calme. Elle prépare son enfumoir en forme de vieux pichet en fonte sur lequel on aurait fixé un mini-soufflet de cheminée. Elle prend son temps pour placer un morceau de toile de jute recouvert de copeaux de bois qui feront office de combustible. Elle allume le tout à l'aide d'un petit lance-flammes et active le soufflet. Elle s'arrête lorsque le bois s'embrase. Elle renouvelle le processus trois fois puis elle arrache deux poignées d'herbes fraîches qu'elle roule en boule entre ses mains. Elle place la pelote verte et odorante au-dessus du combustible dans le pichet puis le referme. Ce bouchon d'herbe, comme une gourmandise pour les abeilles, a le pouvoir d'adoucir et de rafraîchir la fumée pour ne pas les brûler. L'enfumoir dans une main et le lève-cadre dans l'autre elle peut maintenant commencer son travail. Enfumer les ouvertures de la ruche pour que les abeilles restent occupées à ventiler et oublient celle qui vient les déranger et qui mériterait bien une attaque en règle. Soulever ensuite le toit en aluminium de cette première ruche et observer avec bonheur l'activité fiévreuse entre les cadres couverts de miel et de cire. Poser le couvercle dans l'herbe et le chasse-abeilles par-dessus. Elle décolle maintenant la hausse contenant les cadres chargés du miel qu'elle récoltera. Il faut imaginer ces habitations comme des tours d'immeubles. La moitié de la tour qu'on appelle le corps de la ruche appartient aux abeilles. C'est là où vivent la reine et le couvain. C'est l'apicultrice qui ajoute petit à petit les étages du dessus aussi appelés « hausses ». Certains étés elle en ajoute trois lorsque la production est intense. Le corps de la ruche, lui, contient le miel réservé aux abeilles, Fanny n'y touche pas. Elle peine à décoller la première hausse car en cette saison les abeilles ne peuvent s'empêcher de construire et la cire colle aux parois. C'est à ce moment qu'Angora arrive habillée elle aussi de sa tenue spatiale.

— Angora, tu tombes à pic, j'ai bien besoin de tes muscles !

Sourire derrière le voile, la stagiaire aime se sentir utile.

Regarde cette cire, enchaîne Fanny, si les hausses sont toutes aussi foisonnantes on en a pour la journée à les ouvrir ! J'ai réussi à décoller la première, tu veux bien m'aider à la soulever et on va la poser sur l'escabeau derrière moi.

— Hé Fanny mais c'est Byzance là-dedans, s'émerveille Angora. T'as vu cette profusion de miel ? Attends, elle fait combien cette première caisse, au moins vingt kilos non ? Et ton dos, ça va mieux on dirait ?

— Oui un peu, répond l'apicultrice dans un souffle grimaçant. Mais là tout de suite mon dos t'est à jamais reconnaissant.

Fanny installe ensuite le chasse-abeilles sur le corps de la ruche puis les deux femmes replacent la hausse avec précaution pour ne pas écraser les quelques abeilles rêveuses qui se promèneraient par-là. Elles referment la ruche, opération terminée pour la première colonie. Mais leur travail est loin d'être fini et elles n'ont pas le droit de flâner si elles veulent récolter dès le lendemain. Fanny est impatiente de retrouver la miellerie, son parfum de saine abondance et ses images aux nuances ambrées produisant une ambiance envoûtante. Marcel avait construit une miellerie idéale dans la grange, tout y est prévu pour une récolte simple et efficace. Le miel lui apporte la touche lyrique. Il poétise les sens de celle ou de celui qui travaille à l'extraction, au filtrage et à la mise en pot du liquide doré. La magie opère tous les ans et à chaque récolte. Une satisfaction et un accomplissement que Fanny aime partager avec celles qui ont travaillé durement pendant quelques mois pour ce résultat. Elle rapporte donc toujours les cadres à leurs propriétaires, sans les rincer, pour que les abeilles viennent les lécher et les nettoyer naturellement. Pour qu'elles se réapproprient les murs de leur résidence sirupeuse.

L'apicultrice sait que cette récolte de printemps sera prodigieuse cette année grâce au soleil, à la douceur des températures et aux faibles pluies de ce mois d'avril.

En ouvrant les ruches, elle découvre que les essaims prospèrent tellement que les insectes semblent un peu à l'étroit. Ça grouille, ça foisonne, ça regorge d'abeilles et de miel. Elle craint que les ouvrières manquent d'air et s'épuisent à force de ventiler. Elle va devoir créer de nouvelles communautés. Elle s'inquiète mais elle savoure aussi cette profusion de vie elle qui redoute si souvent de découvrir des colonies décimées sans sommation. Il n'est pas rare qu'elle ressente les signes d'une angoisse soudaine à chaque début de visite d'un rucher.

Palpitations, frissons, tremblements et maux de ventre, la panoplie quasi complète des symptômes de la peur accompagne l'ouverture matinale des ruches.

Alors, le grouillement animal de l'essaim bourdonnant qui écœure certaines personnes fait naître chez l'apicultrice un sentiment de bien-être physique. Une sensation étrange qui ressemble à cette urgence qu'éprouve la mère allaitante apaisée par la succion du bébé, cette expérience de plénitude physique difficile à décrire pour ceux et celles qui ne l'ont pas vécue. Fanny reconnaît ce plaisir sensuel lié à la vie, celui des endorphines enflammées par le spectacle bouillonnant du vivant.

Loin dans leurs pensées ou concentrées sur leur travail, Fanny et Angora ne remarquent pas l'arrivée de Louise sur son champ et pas davantage ses grands signaux de bras ni même ses appels, les mains en porte-voix. Il faut dire que la petite taille de Louise et sa voix enfantine ne l'aident pas. Elle se met alors à sauter sur place mais ça ne fonctionne pas mieux. Elle essaie à nouveau de crier et c'est Angora la première qui réalise la présence de l'horticultrice obligée de rester en retrait puisqu'elle n'a pas de combinaison. À la vue de sa collègue, Fanny pose ses outils et s'approche de quelques mètres. Les deux femmes entament une courte discussion et se donnent rendez-vous pour un pique-nique partagé après leur matinée respective de travail.

Les ruches prospèrent depuis qu'elles sont installées à La Haye, depuis que Fanny et Louise ont décidé de conjuguer leurs activités et leurs méthodes. Louise est une productrice de fleurs et de plantes qu'elle transforme en tisanes, aromates et produits de beauté. Les fleurs de mélisse et de citronnelle sont particulièrement attractives pour les abeilles et cette voisine créatrice de cosmétiques naturels était une aubaine pour Fanny qui n'a pas hésité à la contacter pour lui proposer un accord.

Louise a immédiatement accepté l'idée d'allier leurs forces. C'est avec elle que l'apicultrice a appris le nom des fleurs les plus mellifères du champ. La reine-des-prés avec ses bouquets altiers en forme de robe de mariée. La consoude, qui attire les abeilles avec ses fleurs violettes comme des clochettes retombantes. Cicatrisante et adoucissante, elle est utilisée par Louise mélangée avec de la cire d'abeille pour fabriquer ses baumes à lèvres. Et puis la sauge ananas, la rebelle rouge sang, la passionaria de cette prairie aux couleurs pastel. La sauge officinale qui, mélangée à un lait au miel, aidera à guérir un début de rhume. La préférée de Fanny c'est la baie de miel aux fruits bleus comestibles, elle partage le goût pour ce fruit avec les abeilles de son rucher qui en raffolent. Il y a aussi le bleuet qui parsemait autrefois les champs de blé dans un dégradé céleste de mai à juillet, aujourd'hui disparu à cause des pesticides. La liste des fleurs à butiner est longue dans la riche prairie de Louise, on y trouve aussi de la lavande, des roses, du pourpier, du sureau, de la verveine, de la menthe et de la mélisse. Ce foisonnement de pollens est à disposition des abeilles du rucher de Fanny qui n'ont que quelques mètres à parcourir. Sans oublier le canal, caché derrière la rangée de bouleaux, leur offrant les gouttes d'eau essentielles à leur survie que les butineuses d'eau viendront aspirer pour les déposer ensuite dans la ruche. Une sorte d'éden donc. Grâce aux pommiers sauvages le long du canal et grâce au tapis floral de Louise, les abeilles du rucher produisent un miel d'une grande qualité. Lorsqu'elle regarde Louise travailler, Fanny reprend également espoir en l'avenir, tout comme avec Angora. L'horticultrice, qui allie le courage de ses convictions au bonheur d'un choix de vie assumé, fabrique des produits d'un raffinement simple mais attirant. Fanny a observé son travail pendant toute une année afin de comprendre les étapes de fabrication de ses tisanes, de ses baumes, de ses crèmes de jour, pommades et autres. Des semis de graines de fleurs jusqu'au flaconnage des précieux élixirs de beauté, sa méthode de production est lente mais elle respecte le tempo originel de la nature et des saisons. Le temps que les plantes poussent, le temps de la récolte de mai à septembre, le temps du séchage dans un séchoir solaire, le temps de la macération pendant un mois pour les mélanger ensuite à l'huile de cameline et enfin produire des crèmes et des lotions. Cette production n'a rien à voir avec la fabrication à la chaîne des cosmétiques saturés de produits de synthèse. Louise s'intéresse aujourd'hui à la création de parfums mais la nécessité de se former aux techniques de distillation l'en empêche. C'est ce qu'elle explique à ses deux collègues pendant la pause du midi, alors qu'elles trinquent à ce déjeuner champêtre bien mérité.

— Mon problème clairement, c'est que je n'ai pas de temps à consacrer à cette formation, mes journées sont beaucoup trop chargées ! La seule option que je vois c'est d'attendre de pouvoir embaucher quelqu'un à plein temps pour me lancer.

— Et pourquoi pas une stagiaire comme Fanny fait avec moi ? observe Angora.

— Oui c'est une idée mais faut les former et ça prend du temps, rétorque Louise en passant la main dans ses cheveux bruns coupés très court puis sur sa nuque en une sorte d'automassage. Elle termine son geste en effleurant du bout de ses doigts son tatouage végétal, une liane fleurie naissant sous son oreille droite pour s'éteindre avec grâce sur son épaule.

— Moi, j'adorerais être stagiaire chez toi, annonce Fanny tout en picorant du bout des doigts de minuscules morceaux de comté dans son sandwich avant de les mettre dans sa bouche sans envie.

— Ah oui, Fanny, avec plaisir, mais tu dors quand ? C'est plus les 3/8 qu'il te faut mais les 24/24, ironise Louise.

— C'est clair mais honnêtement ça me plairait. Je nomme Angora gérante de la ferme apicole et moi je pars en formation horticole chez toi. Et pourquoi pas !

— Fanny, c'est la fatigue qui te fait dire n'importe quoi, rétorque Angora en attaquant le monticule de tranches grossièrement empilées et formant vaguement un sandwich. Tu m'imagines gérer tout ton cheptel à ta place ? Elle mâche quelques secondes avant de reprendre la bouche pleine, je crois pas que je suis prête, honnêtement non tu déconnes là on est d'accord ?

— Angora, je te croyais plus téméraire, s'amuse Fanny. Non, bien sûr je suis pas vraiment sérieuse mais c'est juste que lorsque je regarde Louise travailler, je replonge dans mes souvenirs, au temps où j'associais encore les parfums à des bijoux précieux. J'ai parfois envie de retrouver cette ambiance.

Fanny continue, son regard s'attardant sur les rangées colorées de fleurs.

— Je suis allée à Grasse un jour avec ma mère, vous connaissez Grasse ?

— Moi non, mais Louise j'en suis sûre vu son accent.

— Hé mais qu'est-ce que tu racontes ? Mon accent il est de Bordeaux ma pt'tite rien à voir.

— Rien à voir*e*, l'imite Angora en secouant sa tignasse blonde. Pardon Fanny, tu disais ? Grasse ?

— Oui, je disais que ma mère m'avait offert ce voyage pour mes quinze ans. J'étais totalement fascinée par l'histoire des parfums et par cette ville quand j'étais en troisième, j'avais dû tomber sur un reportage genre *Des racines et des ailes*... Quoi ? On n'avait pas trop de choix à la télé à l'époque, arrêtez vos regards narquois et un peu de respect pour nous les vieux. Bref, Grasse, la ville qui avait accueilli les premiers parfumeurs du Moyen Âge, des anciens tanneurs reconvertis à la fabrication de parfums. Vous saviez qu'ils avaient mis au point ces techniques de parfumerie pour masquer l'odeur écœurante des peaux tannées à la base ?

— L'érudition de ma patronne est renversante, lance Angora en se jetant en arrière.

Fanny lui jette des miettes de pain, regards complices.

— C'est ça, moque-toi. Et donc, les nouveaux parfumeurs n'avaient qu'à se servir dans les champs, la région regorgeait de fleurs odorantes et les alambics se sont alors mis à distiller ce qui deviendrait bientôt le nouvel accessoire de mode et de séduction. D'ailleurs ce matin quand je suis arrivée, j'ai marché un peu entre les rangées de fleurs, et à un moment j'ai cru reconnaître l'ancien parfum de ma mère. *Jardins de Bagatelle* a surgi entre deux allées de roses et de nérolis. Sont direct réapparus la joie de vivre et le sourire pétillant de ma mère, là comme ça au détour d'une allée. C'est ce que j'aime dans ton champ Louise, les souvenirs qui profitent des sens en éveil pour nous rendre visite à l'improviste.

Fanny plonge alors son nez dans son verre d'eau, légèrement honteuse de raconter ces choses intimes. Sa grande sensibilité se niche parfois dans les vestiges de détails heureux qui réapparaissent, comme un catalogue de souvenirs sensoriels dans lequel elle puise sans s'en rendre compte ceux qui vont lui faire du bien. « Il ne peut pas y avoir seulement des inconvénients à s'attacher au moindre détail », lui rappelait souvent sa mère à la positivité légendaire parfois fatigante. Prenant finalement plaisir à s'épancher un peu, elle raconte ensuite à ses collègues qu'elle possédait une étagère à parfums miniatures quand elle était au collège et qu'elle poussait la passion jusqu'à fabriquer ses enveloppes avec les publicités de grands parfumeurs comme autant d'invitations à l'évasion vers un monde beau et mystérieux. Un parfum comme un appel à la sensualité intense. Devenue étudiante infirmière, elle avait accueilli l'annonce de son embauche tous les samedis dans la parfumerie du centre-ville avec euphorie. Mais l'enchantement était vite retombé lorsqu'elle rentrait chez elle le soir, épuisée par un mal de tête furieux et une nausée chimique insupportable. Elle frottait son corps sous la douche en rentrant du magasin pour tenter de faire disparaître l'odeur entêtante. Le parfum artificiel ne s'en va pas, il s'imprègne.

— Le problème, continue Fanny, c'est que le parfum est devenu un produit hautement rentable. Les parfumeries ne vendent pas du rêve ni des trésors, elles sont l'image suprême de l'arnaque commerciale et du faux merveilleux.

Angora, sur le point d'engouffrer une autre bouchée monstrueuse arrête son geste, regard sombre et fixe.

— Moi aussi j'en ai un souvenir olfactif, genre madeleine de Proust. Vous savez, le genre de souvenir qui vous prend entièrement par surprise. Comme toi Fanny, ce souvenir il est un peu honteux maintenant, genre teinté de plaisir coupable.

— Vas-y raconte-nous, Angora.

— Alors on est sur une plage, d'un côté la mer, de l'autre une forêt de pins. Soleil, chaleur, été, vacances. Vous y êtes ? Je dois avoir dix ans mais ça pourrait être huit, on allait tous les étés sur l'île de Ré avec mes parents. Je suis petite c'est sûr parce que je peux encore me balader sur la plage en slip de bain, avant d'avoir conscience que bientôt moi aussi je vais avoir des seins que je vais devoir cacher. Je joue au p'tit couteau dans le sable. Vous connaissez ? J'adorais ça, tu aplatis le sable devant toi et t'as toute une série de figures à exécuter, par exemple tu mets le couteau sur le dos de ta main, tu lui fais faire un salto et il doit retomber à pic dans le sable. Bref, si vous connaissez pas vous avez pas dû avoir une enfance heureuse. Donc je me suis baignée, je sèche au soleil en jouant au couteau, le soleil dore ma peau sur laquelle bien sûr mes parents tartinent une tonne de crème bourrée de nanoparticules (riez pas) et là ma mère sort le goûter. De la baguette viennoise fourrée au Nutella. Ça dégouline de pâte à tartiner, je lèche les bords de la baguette pour récupérer tout ce que je peux et là je sens, cette odeur. Ce mélange d'iode, de pin et de Nutella. Bonheur total. C'est ça mon souvenir olfactif qui me fait du bien mais bordel quand je réalise les kilos de Nutella que j'ai ingurgités et que je bannis maintenant, comme toute la merde que j'ai pu avaler, qu'on nous a fait avaler à coups de pub. Tu sais c'est comme un croyant intégriste qui devient athée, qui se rend compte qu'il a été berné. Le dieu conso me fout la haine parce que même mes souvenirs deviennent coupables.

— Je le trouve beau ton souvenir. Ne pense pas à l'arnaque commerciale, garde les pins, le soleil et la mer ! tente de la rassurer Louise, un sourire aux lèvres. Après, je suis d'accord avec toi, continue-t-elle en se levant d'un bond pour attraper la plaquette de chocolat apportée en guise de dessert. Le véritable problème c'est l'uniformisation des modes de vie, des pensées, des styles, des envies, des méthodes et donc de ce que l'on trouve dans les assiettes, dans les sols et sur nos corps. Mais je suis moins pessimiste que toi. Dans mon secteur par exemple, le mouvement tend vers un retour à une production de fleurs locales. On arrête les roses du Kenya ou d'Amérique du Sud pour la Saint-Valentin et on respecte les saisons florales. Comme pour tout ce que nous consommons en masse, on est devenus totalement débiles. On fait venir des fleurs par avion de l'autre bout du monde, on les stocke dans des chambres froides puis on les arrose de produits chimiques pour qu'elles résistent au transport. Au final, on offrira des bouquets sans odeur et sans âme qui faneront super vite.

— … dit-elle en se gavant de chocolat noir venant du Kenya, la taquine Angora.

— Oui, bon, que veux-tu, on a tous nos contradictions ! Et puis t'as déjà vu des cacaotiers dans le coin ? Espèce de maline va !

— Hé garde tes insultes ! On a bien des champs de thé vert en Bretagne alors bon.

— Allez voilà ça tourne toujours vinaigre les discussions écolos! On retourne bosser ? blague Fanny en se relevant difficilement.

Angora, hilare, lui tend la main pour l'aider. Fanny hésite mais s'appuie finalement sur son épaule pour déplier son dos douloureux. Sans un mot, elles se dirigent toutes les trois vers leurs postes de travail respectifs. Louise dans son champ, Fanny et Angora auprès des ruches. Les apicultrices se sont rapidement accordées pour une organisation à la chaîne : Fanny enfume la ruche, Angora soulève les hausses, Fanny dépose le chasse-abeilles et Angora replace la hausse. Leur rythme de travail est ainsi très productif. Silencieuse, l'apicultrice lutte contre cette idée venue l'effleurer pendant le pique-nique de quitter les ruches pour les fleurs mais elle ne peut s'empêcher d'aimer cette éventualité, ce possible changement de vie professionnelle. Une piqûre douloureuse au niveau de son poignet droit la ramène à sa réalité. Elle avait mal enfilé son gant de protection et une abeille est venue lui rappeler qu'elle les dérange dans leur quotidien. Les abeilles changent d'humeur en ce moment, ce qui annonce une légère baisse d'activité pour les butineuses. Mais rien à voir avec le mois de septembre, quand leur agressivité sera provoquée par le manque de pollen à récolter et que les abeilles désœuvrées n'auront plus qu'une seule occupation : chasser ces pique-assiettes de faux bourdons, les mordre, les tirer hors de la ruche jusqu'à la planche de vol à l'entrée de leur abri. Elles leur signaleront ainsi que la saison des amours avec les reines est finie et qu'elles reprennent le contrôle total du bâtiment, pas besoin des mâles dans leur organisation hivernale, ils deviennent seulement des bouches inutiles à nourrir.

Ginka, debout sur le plateau du camion montre elle aussi une certaine impatience.

— Oui Ginka, oui on va bientôt pouvoir y aller ! Angora, encore deux ruches et on a fini ! Beau boulot d'équipe ! Il nous reste ensuite les trois ruches à transporter sur le camion puis à déposer chez Suzanne et la journée est finie. Tu veux bien m'aider ?

— Non mais Fanny, ce n'est pas que je veux bien t'aider, laisse-moi les transporter, vu comment tu marches je crois bien que ton dos n'est pas vraiment remis malgré ce que tu cherches à montrer.

Fanny tente effectivement de le cacher mais son dos menace de lâcher à tout moment. Ses marches le long du canal ne suffisent plus à entretenir son corps svelte mais vieillissant et la présence d'Angora est une sorte de bénédiction. Elles sont complémentaires et font du beau travail ensemble. Fanny ne comprend pas toujours les réactions excessives de sa stagiaire mais elle admire cette jeune fille fougueuse et sans concession malgré ses failles et son passé douloureux. Elle l'observe charger le plateau de la camionnette avec un plaisir calme et serein pendant que Ginka tourne en rond en essayant d'attraper sa queue.

— La belle vie que tu as toi, Ginka.

Lettre 3.

Lundi 3 juin.

Être l'amie de Suzanne m'offre un sacré privilège, elle me réserve toujours la table du fond, celle qui me permet d'avoir une vue imprenable sur le canal et sur ce qui se passe au bar derrière lequel la patronne essuie inlassablement des verres. À force de l'observer j'ai compris que ce geste la rassure. Je le devine à l'acharnement qu'elle y met, à sa volonté de les faire briller à la perfection. À sa manière aussi de sourire légèrement après avoir levé son bras droit et fermé son œil gauche pour étudier le verre dans la lumière. Si elle sourit c'est qu'elle est enfin satisfaite. Les mains occupées stoppent les idées noires et Suzanne connaît bien ces idées-là. Il y a parfois comme un pont invisible, celui de la douleur et de la peine, ce malheur qu'on ne peut masquer très longtemps à celles qui l'ont vécu à l'identique ou presque. La douleur de Suzanne ressemble à la mienne, la disparition d'un fils en moins. C'est désespérément banal cette sororité de la maltraitance, les coups ou les mots assassins, le sexe non consenti ou le harcèlement physique ou numérique. Alors on occupe nos mains pour que le fil des pensées s'apaise. Bricoler n'empêche pas de souffrir mais il semblerait que la petite musique tragique se calme légèrement dans l'accomplissement manuel. C'est une théorie personnelle un peu fumeuse et tu te souviens peut-être à quel point je suis douée pour ça. Je cogite trop. En tout cas, elle en essuie des verres Suzanne et elle en fume des cigarettes. Et puis ce qui est bien c'est qu'essuyer des verres ça ne l'empêche jamais de parler et de rire avec ses clients. Pendant que je t'écris, elle discute avec Angora et un des garçons qui travaille comme technicien sur la Péniche Spectacle. Je crois bien qu'il y a une histoire naissante entre ces deux-là. J'évite de les regarder car bien sûr je me demande alors si tu as toi aussi quelqu'un avec qui partager ta vie. La péniche, c'est un lieu bourré de charme qui promène sa programmation musicale sur le canal, s'arrêtant là où les communes la réclament et revenant toujours s'amarrer devant le bar de l'Écluse pour se refaire une beauté. Tu aimerais cet endroit, toi qui adorais les concerts du Caveau des Oubliettes dans le Quartier latin. Tu te souviens ? D'ailleurs joues-tu toujours de la guitare ? Tu sais, j'ai acheté une vieille Fender d'occasion qui t'attend, patiente et silencieuse, dans mon salon.

Aujourd'hui nous avons bien travaillé avec Angora, je suis impressionnée par l'efficacité de notre duo. Nous avons installé tous les chasse-abeilles et nous sommes prêtes pour la récolte de demain. Nous n'aurons plus qu'à prélever les cadres pleins de miel et les transporter à la miellerie. J'aimerais que tu sois là pour voir et sentir ce lieu magique. Oh il ne paie pas de mine, c'est une pièce carrée dans un hangar froid aux murs gris parpaing, mais le jour de la récolte il se métamorphose en une espèce de palais gourmand. Tu penses que j'en fais un peu trop ? Viens et tu verras…

La discussion au bar s'échauffe. Je viens de comprendre pourquoi en levant la tête. Marc, un éleveur du coin est arrivé et je parie que le ton monte avec Angora au sujet de l'écologie. Ces deux-là ne peuvent pas s'en empêcher, ils connaissent leurs différends mais s'engagent toujours sur ce terrain périlleux. Angora n'a peur de rien, pas même du mètre quatre-vingt-quinze de Marc. Il a une ferme près du canal, on peut dire qu'on est voisins tous les deux. Lorsque je me balade avec Ginka, j'entends d'ailleurs les trayeuses automatiques tous les soirs à la même heure. Il est du genre à aimer la technologie et les belles voitures Marc, alors il a fait une « belle » ferme et c'est vrai qu'il a de « belles » vaches, des bretonnes pie noir qu'on voit souvent brouter dans le grand champ collé aux étables. Il les traite bien ses vaches et il trime avec sa femme et ses deux fils pour tenir sa ferme debout. On est loin des images horribles des porcs et des poulets en batterie qu'on peut voir en Bretagne et ailleurs mais, je ne sais pas pourquoi, Marc déteste les écolos. Il s'est mis en tête que l'écologie était l'ennemi de son business, que c'était la mort annoncée de l'agriculture alors dès qu'il peut, il dégomme de l'écolo à coup de phrases toutes faites du style « Et comment tu nourris la planète ? Et tu laisses pourrir les cultures sans rien faire ? C'est ça ton plan d'action ? Et ça propose quoi les bobos branchouilles à part le retour au Moyen Âge ? » Il n'arrête jamais, il est en guerre. On dirait qu'il a besoin de trouver quelqu'un ou quelque chose à blâmer au lieu de remettre en question une vie entière de travail. Je crois que je peux comprendre.

Il y a une forme de désespoir dans sa réaction. Il me fait peur parfois, justement à cause de son désespoir. Je me demande si ce n'est pas lui qui avait détruit mes ruches lorsque je les avais installées trop près de son pâturage, peu de temps après mon arrivée au rucher. En tout cas il est sanguin ce Marc et je me tiens en général assez loin de lui. Angora, elle, elle n'y arrive pas. La voilà qui lui fait une leçon sur le principe de Volterra, je ne sais pas si tu connais mais en gros elle essaie de le convaincre qu'à chaque nouveau traitement pesticide, le déséquilibre se creuse et les insectes qui pourraient être utiles aux cultures sont décimés pendant que Marc la coupe sans cesse dans sa démonstration à l'aide de petits rires narquois et de hochements de tête dédaigneux. Je commence à apercevoir les plaques rouges qui envahissent petit à petit le cou de ma stagiaire, elle tombe dans son piège, comme à chaque fois. Parce qu'il faut dire qu'il est là tous les jours Marc, à 19 heures tapantes il arrive et se plante devant le bar. Il n'a plus besoin de commander, Suzanne lui dépose son demi qu'il boit tranquillement. Je crois savoir pourquoi il vient tous les soirs, je vois comment il la regarde Suzanne, comme si sa bière et la vision quotidienne de l'exotique et charmante anglaise lui donnaient l'énergie nécessaire pour finir sa journée de travail. C'est d'ailleurs son béguin pour Suzanne qui sauve souvent la situation et empêche les bagarres. Encore une fois ce soir, si elle ne venait pas de taper du poing sur le zinc Marc n'aurait pas rangé sa fierté dans ses bottes crottées et Angora aurait été bonne pour un retour de flamme après ses dernières paroles insultantes. Angora est une jeune femme en colère et je la comprends elle aussi. Peut-être faudrait-il qu'elle canalise un peu cette agressivité mais sans elle je pense qu'elle s'effondrerait, sa pugnacité la maintient en éveil, l'aide à avancer. Je ne lui ai pas raconté notre histoire pour l'instant, j'ai peur qu'elle s'engouffre avec ardeur dans mon malheur et je ne suis pas prête à le partager. Bientôt peut-être. Là tout de suite, je souris car je ne suis pas sûre que cette combativité plaise à son nouveau petit ami, vu sa mine décomposée, mais ça Angora elle s'en fiche pas mal. Marc n'est peut-être pas la finesse incarnée mais il n'est pas le plus dangereux. Entre nous, je suis admirative du courage de ma stagiaire mais je sais aussi que ce monde de l'agriculture n'est pas toujours prêt à accueillir autant de critiques, d'autant moins venant d'une jeune femme. Il règne en sourdine une ambiance électrique dans ce havre de paix bucolique. Je ne suis pas dupe, la beauté de la nature ne fait pas le poids et a rarement apporté la sagesse chez l'homme conquérant.

Il m'arrive alors de regretter le temps de ma retraite forcée sur l'île d'Ouessant. Ça peut paraître étrange mais je me languis parfois de mes journées solitaires, faites de pleurs et de peurs. Je ne faisais plus que pleurer et marcher face aux embruns pour sécher mes larmes et pour m'abrutir de vent. Il me semble que tu étais encore présent avec moi lorsque je suis arrivée sur l'île, ton parfum, ta voix, ton regard, je les portais encore. Aujourd'hui je lutte contre l'effacement, je lutte pour me souvenir. Je suis partie de notre appartement parisien avec pour seul bagage mon sac à main. À l'hôpital, j'ai décroché deux dessins de toi qui étaient scotchés à l'intérieur de mon casier au moment d'y abandonner définitivement ma tenue d'infirmière. Tu te rappelles, l'abeille géante et la fleur de Terre-Neuve ? Ils sont maintenant encadrés et exposés dans mon salon. Ne souris pas, je me sais un peu ridicule mais ils me font du bien. Quelques photomatons de toi que je cache dans le tiroir de ma table de nuit avec ton profil Facebook que j'avais imprimé lorsque j'étais encore à Ouessant. L'image de toi qui poses avec une fille, vos joues collées, le sourire un peu forcé pour elle, le regard faussement ténébreux pour toi, est la seule qui me permet de ne pas oublier les traits de ton visage devenant adulte. C'était deux mois après ton départ. Sur Ouessant, je ne faisais que marcher et me connecter à ce réseau social qui m'avait permis de retrouver ta trace. Je t'ai suivi en ligne pendant plusieurs mois, ça me rassurait en même temps que ça me rendait folle de frustration. J'avais compris que tu vivais avec une petite amie dans les Landes. Tu as eu ton bac par correspondance, en imitant certainement ma signature pour les dossiers administratifs puisque tu n'étais pas majeur. J'aime ta combativité ! Et puis, le jour de tes dix-huit ans je t'ai fêté un joyeux anniversaire sur Messenger. Rien d'original, « Bon anniversaire mon chéri, tu me manques, maman. » Tu m'as remercié, tu as dit que tu m'embrassais mais que tu n'étais pas encore prêt à me revoir. Le lendemain, ton compte avait été supprimé, tu m'avais fui même sur la toile.

Je comprends pourquoi ta colère et ton silence même si ça m'anéantit. Tu as grandi dans une famille bancale et je ne t'ai pas assez regardé, trop occupée que j'étais à masquer la violence conjugale. Les mots qui rabaissent, les interrogatoires jaloux, les phrases où le respect a disparu. Voilà l'image du couple qu'on te renvoyait et que je m'appliquais à te cacher. Sans parler des coups que tu devais entendre. Illusion totale bien sûr ou lâcheté extrême de ne pas vouloir affronter la honte de notre réalité. Mon aveuglement est la pire de mes erreurs, j'ai été complice de la folie de ton père. Partir avec toi dès la première attaque, même infime, aurait été la meilleure solution. Cette première claque quelques jours après l'annonce de ma grossesse. Tellement classique. La paternité réveille la pulsion dominatrice et destructrice de certains hommes, ton père fait partie de ces mâles-là. Maintenant je sais mon erreur mais ça ne te fera pas revenir.

À Ouessant, je vivais seule avec comme compagnons ma culpabilité et mon manque de toi. Culpabilité multipliée par dix lorsque j'ai découvert les images de panique devant les hôpitaux parisiens. C'est le bleu clignotant des ambulances sur les images filmées devant un hôpital qui est venu m'arracher à mes pensées alors que je récupérais la monnaie du paquet de cigarettes que je venais d'acheter. Je me suis approchée de l'écran du PMU, j'ai dû m'accouder au comptoir, bouleversée par ce que j'étais en train de découvrir. J'ai vu les scènes d'affolement et d'angoisse. Les hôpitaux militaires et les services de réanimation de Courbevoie au bord de la saturation. Je m'étais totalement coupée du monde et de ses actualités anxiogènes. Ouessant était visiblement le meilleur endroit pour une retraite. Je me suis alors sentie minable d'avoir laissé mes collègues déjà épuisées sur un champ de bataille virologique acharné. Quand j'ai découvert l'ampleur du désastre, l'île avait fermé ses portes et seules les denrées alimentaires nous parvenaient mais rien ni personne n'en repartait. Je ne dormais plus en pensant à mes collègues, à Manon surtout mon binôme que j'avais abandonnée et j'avais peur aussi pour toi. On pensait qu'il était enfin arrivé le fameux virus tant redouté qui allait nous rayer de la planète. Sensation de toucher du doigt le chaos du monde. L'atomisation de notre civilisation dont on parlait depuis des décennies allait de pair avec l'explosion de ma famille. Vivre l'extinction de l'humanité sans te voir une dernière fois, sans même savoir où tu étais m'a fait plonger dans l'angoisse suprême, le vide abyssal, la grande lessiveuse du malheur. Seules les tempêtes me maintenaient dans le vivant, me réveillaient de ma torpeur. On le sait aujourd'hui, l'extinction n'était pas pour cette fois-ci, c'était juste un avant-goût, un léger aperçu. Alors je veux te retrouver, te revoir avant ce possible grand chaos. Te prendre dans mes bras encore une fois. T'embrasser et sentir l'odeur de tes cheveux. Pour être totalement honnête, si j'avais fait savoir au maire que j'étais infirmière sur le continent, il m'aurait laissée repartir car les hôpitaux en manquaient cruellement mais j'ai fait le choix de me taire. Je ne voulais pas attirer l'attention et surtout je savais que si je retournais à Courbevoie ton père serait là à m'attendre. Ça s'appelle sauver sa peau.

Je devais me terrer. Ton père était devenu mon potentiel assassin, un prédateur capable de se cacher longtemps et d'attaquer lorsque sa victime relâche son attention. As-tu déjà observé un chat ventre à terre mais pattes en alerte qui attend le bon moment pour attraper sa proie ? Je me sentais souris, fragile, perdue et possiblement traquée alors je ne sortais plus de mon trou qu'était cette chambre chez l'habitant. Une chambre, une salle de bains et une kitchenette que je ne quittais que pour ma balade quotidienne.

Et puis un jour, la vieille Roseher est venue frapper à la porte de ma chambre d'hôtes. Son regard dur et hautin, masquant difficilement un malaise à fleur de peau, m'a analysé en quelques secondes, des pieds à la tête comme les filles au collège qui se reluquent à distance pour évaluer le taux de dangerosité d'une possible rivale. Je l'ai laissée m'examiner, j'attendais l'insulte ou la parole cassante, je me disais même qu'elle allait me demander de repartir sur le continent. Mais non, rien de tout ça. Elle m'a tendu une petite boîte en carton, elle a ouvert le couvercle et j'ai pu voir des dizaines de fioles d'encre noire. Elle venait m'offrir de quoi occuper mes mains. Elle avait deviné que la marche n'était pas suffisante pour apaiser l'angoisse. Je ne sais pas si elle savait exactement ce qu'elle faisait en m'offrant cette encre ou si c'était seulement le prétexte pour m'approcher d'un peu plus près. Venait-elle en ambassadrice me signifier que les femmes de l'île étaient prêtes à m'accepter ? Ce qui est certain c'est que cette encre m'a permis de déverser beaucoup de ma haine et de ma peine. Je continue aujourd'hui à peindre et j'envoie parfois certains dessins à Roseher pour lui dire que je suis toujours en vie et que je pense à elle. Pour la remercier aussi.

Je peins des formes plus ou moins abstraites en jetant des taches d'encre sur du papier et Suzanne essuie des verres à la chaîne en discutant avec ses clients, voilà nos remèdes respectifs. T'écrire ? C'est plutôt une bouée, un outil de survie, une obligation pour ne pas que ton existence devienne une douloureuse abstraction.

Je dois te laisser, nous nous levons tôt demain matin pour la récolte du miel. Un jour, on ira voir la vieille Roseher ensemble, d'accord ? Promets-moi. Mais nous ne devons pas tarder, elle est déjà très vieille mon amie ouessantine.

— 11 —

Fanny se lève après une nuit sans rêve et sans insomnie. Peut-être grâce au décontractant musculaire avalé en rentrant de chez Suzanne pour soulager son mal de dos. Lorsque le réveil sonne à 7 heures elle se sent reposée et prête pour une journée qui s'annonce joyeuse, sous le signe d'une récolte abondante. La radio en fond sonore, elle reste sourde aux mauvaises nouvelles du monde et elle avale ses tartines beurre-miel avec un appétit rare. Ginka semble elle aussi se réveiller sereinement, sa queue remue comme jamais en réponse à la joie palpable et exceptionnelle de sa compagne. Une fois prête, Fanny se rend une dernière fois dans la miellerie afin de vérifier que tout est en ordre pour l'extraction. Pour l'instant le bâtiment est froid, terne et quelconque, les machines sont silencieuses et l'odeur d'humidité prédomine. La transformation de l'atelier aura lieu dans quelques heures et Fanny est impatiente. Elle s'imagine déjà au moment de la récolte. Ce qu'elle préfère c'est retirer la couche de cire qui recouvre chaque cadre avec son large couteau. Ce sont les ouvrières qui déposent une pellicule de cette pâte blanche sur les alvéoles lorsqu'elles sont remplies de miel afin de mieux le conserver. Avoir le droit de désoperculer est alors une sorte de privilège. Sous la cire, comme un trésor caché, le miel commencera à couler, point de départ de la récolte et point final d'un travail de plusieurs mois. C'est pour cette raison que Fanny ne souhaite pas investir dans du matériel industriel, elle veut continuer tant qu'elle le pourra à désoperculer au couteau. Elle vérifie ensuite le pressoir et le met en route à vide pour s'assurer que la centrifugeuse fonctionne. Lorsque, plus tard, elle déposera les cadres désoperculés à l'intérieur et que la machine commencera son travail, elle sentira comme à chaque fois un bourdonnement réjouissant dans son ventre. Le bruit de la centrifugeuse au démarrage ressemble à celui d'un départ de Grand Prix de Formule 1 et c'est le moment le plus excitant de la récolte. Ça vibre, ça tourne, c'est assourdissant comme un manège à sensation. Le miel s'écoulera ensuite directement dans un tonneau sur lequel elle aura déposé un tamis qui filtrera les impuretés. Il reposera quelques jours pour que les microbulles et les derniers résidus de cire remontent à la surface. Un dernier filtrage et elle pourra ensuite remplir et étiqueter les pots de miel qui viendront décorer la miellerie avant d'être expédiés à la vente. Un sourire impatient sur les lèvres, Fanny referme la porte du hangar. Tout est prêt, il est temps de retrouver Angora. Elle grimpe avec légèreté dans son camion, Ginka dans ses jambes. Direction le champ de La Haye. Fanny roule, toutes fenêtres ouvertes pour mieux sentir les effluves de l'herbe coupée et des talus foisonnant de fleurs sauvages en ce mois de juin ensoleillé. La nature est luxuriante, le ciel est d'un bleu triomphant et les abeilles ont produit avec abondance. Fanny ressent une sorte de douce quiétude mêlée à l'euphorie de la récolte, un bonheur un peu béat en harmonie avec cette météo radieuse et ce décor enchanteur. Seule une odeur désagréable, un peu âcre vient tout à coup troubler sa joie.

Plus elle avance plus l'odeur est forte. Le paysage idyllique se brouille légèrement et une pellicule de fumée s'abat par vagues sur la route. Fanny remonte alors les vitres du camion et ralentit son allure. Elle remarque rapidement l'épaisse fumée noire qui se dégage derrière la rangée de grands bouleaux de l'autre côté du canal. Sentiment de panique qui s'immisce. Il semble évident que cette fumée ne provient pas d'un feu de broussailles. Son rythme cardiaque s'emballe et sa gorge se noue.

Elle passe le pont du Moulin-Neuf et plus elle se rapproche, plus la fumée est compacte. Elle distingue maintenant des gyrophares confirmant son angoisse. Son pouls est à la limite de l'humain, son cœur est prêt à déborder dans sa bouche, ses mains ne tiennent plus sur le volant tellement elles s'agitent et c'est en trombe qu'elle arrive dans le chemin longeant le champ de Louise.

Les flammes, le ciel obscurci par de géantes traînées noires, les hommes et les femmes aux casques argentés qui s'agitent et qui crient. C'est un cauchemar. La camionnette de Fanny est à l'arrêt, ses deux mains maintenant immobiles, le buste en avant au-dessus du volant, elle est pétrifiée à la vue du carnage. Le doux spectacle de la veille s'est transformé en image de l'enfer. De la magnifique rangée de ruches longeant le champ de fleurs ne restent que des tas noirs fumants. Les pompiers sont maintenant postés au niveau des broussailles bordant les ruches, ils tentent de circonscrire le feu pour qu'il ne se répande pas dans les bosquets environnants et le champ de Louise. Fanny remarque alors les trois dernières ruches de la rangée, noircies mais encore debout. L'image des abeilles prisonnières du feu déclenche alors sa fureur. Elle les imagine venant cogner encore et encore contre le chasse-abeilles pour tenter de se ravitailler en miel dans les réserves de la hausse. En vain. C'est certain, elles ont eu besoin de davantage de miel pour ventiler plus fort la ruche en surchauffe. Elle les visualise parfaitement ces abeilles s'acharnant désespérément pour sauver la reine et cette image la révolte. Elle ordonne alors à Ginka de rester assise dans le camion. La chienne, qui sent la panique intérieure de sa compagne, obéit à cet ordre indiscutable. Fanny sort du camion et court vers les ruches, insensible à la fumée mortifère qui commence à lui arracher le fond de la gorge et à la faire tousser. Mais elle ne fait que quelques pas avant d'être stoppée net.

— Madame, je ne peux pas vous laisser passer c'est trop dangereux, que faites-vous ?

— Lâchez-moi ! Je dois aller libérer les survivantes. Vous ne voyez pas les dernières ruches au fond, il y a des abeilles dedans, je dois les sauver !

— Impossible, vous ne bougez pas d'ici !

Fanny tente alors une échappée mais le pompier la rattrape très vite. Il l'enserre à nouveau, elle se débat mais ses jambes ne la soutiennent plus et elle glisse de ses bras pour se retrouver à genou, impuissante. L'homme se baisse à sa hauteur.

— Écoutez-moi madame, l'odeur de pétrole est trop importante, il y a sûrement des flaques d'essence entre chaque ruche qui pourraient s'embraser à tout moment. Hors de question que je vous laisse passer, vous risqueriez de finir en torche humaine.

— S'il vous plaît, les abeilles on ne peut pas les abandonner, impossible ! On ne va quand même pas rester là sans rien faire pour les aider, c'est inhumain.

— O.K., dites-moi ce que je dois faire, je m'en charge.

— Vous enlevez le couvercle en acier, vous retirez la plaque en bois avec un cercle de plastique au centre et c'est tout. Elles sortiront sans notre aide.

Fanny observe le pompier avancer avec prudence, il est protégé par sa combinaison antifeu mais il prend tout de même des risques, elle le sait. Ses gestes sont précis et efficaces, il revient rapidement près d'elle. Ils observent ensemble les trois ruches et attendent dans un silence pesant. Angora surgit alors. Telle une furie elle gesticule, elle crie, elle jure. Elle s'agite encore davantage lorsqu'elle voit Fanny et son visage sombre et sinistre mais tellement impassible, à la limite de la dureté. Angora ne comprend pas le calme qui règne au milieu d'un tel chaos. Remarquant les regards figés du pompier et de Fanny vers le fond du rucher, elle se tourne alors vers les trois dernières ruches encore sur pieds.

— Je suis désolé madame, il était peut-être trop tard, aucune abeille ne sort.

— Attendez, je suis certaine qu'elles sont juste endormies, les fortes doses de dioxyde de carbone les anesthésient.

C'est alors qu'un essaim s'élève au-dessus d'une des trois ruches, un commando qui s'organise, chancelant au départ, l'ordre de bataille se forme progressivement. Très vite, Fanny sait que la reine est au milieu du groupe et les abeilles attendent d'être toutes à leur poste pour partir. Lorsqu'elles sont assez regroupées pour ne former qu'un être compact, elles s'éloignent alors telles d'inquiétantes hydres volantes. À ce moment précis, Fanny prend totalement conscience du paysage funeste qui l'entoure.

— Merci, murmure-t-elle au pompier.

Reconnaissante et triste à la fois. Elle sent que ça se fissure à l'intérieur de son corps.

Angora s'approche de l'apicultrice, la prend dans ses bras, la berce. Fanny ne pleure pas et elle n'a pas besoin de bras mais elle se laisse faire et ce rythme d'avant en arrière semble tout de même atténuer la panique. Elle ferme les yeux pour mieux sentir la chaleur de ce contact. Elle réprime les larmes qui menacent. Personne n'a pris Fanny dans ses bras depuis au moins cinq années. Elle se souvient, la dernière fois c'était sa grande amie Lucie lorsqu'elle lui avait annoncé sa fuite et la disparition de Diego. Elle a soudain la sensation que sans le savoir, Angora la ramène dans le monde des vivants.

— Je les ai emprisonnées Angora, elles étaient coincées sous la hausse à cause des chasse-abeilles qu'on a posés hier…

— Ne dis pas ça ! Elles pouvaient très bien sortir par la planche d'envol et de toute façon elles n'abandonnent jamais la colonie, avec ou sans le chasse-abeilles ça ne changeait rien.

— Le problème c'est qu'elles ont travaillé avec acharnement et nous, on les a privées de leur carburant pour ventiler, elles n'ont pas pu remonter dans les hausses pour puiser dans leurs réserves de miel. J'ai honte.

Fanny ne peut s'empêcher d'imaginer les abeilles essayant de remonter vers le miel, se cognant contre le chasse-abeilles, leurs ailes battant sans relâche pour une ventilation intense du couvain, la ventilation jusqu'à l'épuisement, c'est insupportable et plus encore quand elle pense que le feu n'est pas un accident.

— Angora, tu sens cette odeur de pétrole ?

— Oui je sens Fanny. Bordel, c'est pas possible mais qui est le malade mental qui peut faire ça ?

Angora se met à hurler de rage, l'ange blond se transforme comme souvent en tornade de colère.

Étonnamment, c'est ce qui permet à Fanny de retrouver un peu d'aplomb et elle se dirige vers les pompiers regroupés près des camions, essoufflés et assoiffés, se passant des bouteilles d'eau et épongeant leurs fronts noirs de suie.

— Malheureusement on n'a rien pu faire madame, on est arrivés trop tard.

— Vous avez sauvé la production de fleurs de ma collègue, merci pour ça. Le feu… c'est quelqu'un qui l'a déclenché, on est d'accord ?

Regards sombres et embarrassés.

— Eh bien, oui il semblerait que ce soit criminel, quasiment aucun doute là-dessus, ça se sent à plein nez. Il ou elle n'a pas lésiné sur l'essence pour être sûr que le feu parte très vite. Ne touchez à rien et appelez votre assurance, un expert passera pour mener l'enquête. On vous conseille de porter plainte aussi, quelqu'un n'apprécie pas votre travail. On a déjà vu ça dans la région il y a deux ans, un apiculteur qui recevait des lettres de menaces qu'il ne prenait pas au sérieux mais son ennemi a fini par passer à l'action et a mis le feu à son rucher. On est arrivés trop tard cette fois-là aussi et il a tout perdu. Petite question, ce sont vos seules ruches ou vous en avez d'autres ?

— Il m'en reste une petite centaine éparpillée dans le secteur mais ici c'était mon plus gros cheptel.

— Alors j'insiste, portez plainte. On ne sait jamais, au cas où l'incendiaire s'en prenne à vos autres ruches. Sans vouloir vous faire peur, je me dois de vous prévenir.

— Oui… Merci. Je vais voir. Oui peut-être. Merci du conseil, je vais réfléchir.

De retour près d'Angora, Fanny remarque l'immobilité et le mutisme inhabituel de sa stagiaire. Le silence après le feu, le silence assourdissant des abeilles décimées est un supplice pour les deux apicultrices. La vision de ces tas informes et sombres, de tous ces cadavres d'abeilles baignant dans le miel fondu est insupportable et l'odeur du glucose carbonisé est écœurante. Elles comprennent toutes les deux qu'elles ne peuvent pas rester plus longtemps dans cette immobilité morbide à regarder ce paysage totalement ravagé. La vision de ce champ de ruines calcinées est un calvaire. Leurs yeux rougis par la fumée sont pourtant comme hypnotisés par le tragique tableau de la folie humaine.

— Comment peut-on être malade de haine à ce point ? demande Angora d'une voix blanche, comme absente. C'est quoi cette lâcheté, à quoi ça lui sert de massacrer des insectes hein ?

— J'en sais rien et je ne suis même pas certaine que l'incendie suffira à apaiser la colère qu'on semble provoquer.

— Fanny, veux-tu qu'on aille chez Suzanne ? Faut pas qu'on s'éternise ici, viens on va se prendre un café.

— Merci mais je préfère rentrer. Je vais appeler Louise pour la prévenir.

— J'ai entendu ce qu'ont dit les pompiers, tu vas au commissariat ? Il le faut on est d'accord.

— Oui je pense, je vais voir. Ne t'inquiète pas Angora, on se retrouve demain, j'ai juste besoin d'être un peu seule mais ça va aller. Fanny pose sa main sur l'épaule de sa stagiaire, le seul geste rassurant qu'elle se sent capable de faire.

Angora la regarde repartir au volant de son camion, Ginka qui aboie une sorte de bonjour-au revoir et qui ne semble pas comprendre ce qui se joue chez les humains. Impossible pour Angora de rentrer chez elle, elle n'a pas ce besoin de solitude. Il faudrait rester ensemble, se serrer les coudes, partager la colère et tenter de se consoler. Elle fait un signe aux pompiers et reprend sa voiture, elle sait qu'elle n'a envie que d'une chose, se réfugier chez Suzanne, à l'Écluse.

Après avoir pris le temps d'annoncer la mauvaise nouvelle à Louise par téléphone, Fanny appelle également Suzanne, elle a tout de même besoin de partager sa peine. Suzanne tente de réconforter maladroitement son amie en lui parlant des trois ruches sauvées et de celles qui sont installées le long du canal mais Fanny sait qu'elle vient de perdre la majeure partie de sa récolte de l'année. Financièrement c'est une catastrophe mais c'est la perte du vivant qui la met à terre et ce sentiment de culpabilité, encore une fois. Elle sait qu'elle ne doit pas s'asseoir pour ne pas ruminer, ne pas s'arrêter pour ne pas s'écrouler, continuer, malgré tout. Elle doit s'occuper des reines qui naissent tous les jours. Dès qu'elle raccroche le téléphone, elle s'installe à son bureau, lampe frontale sur la tête, picking en main. Ginka est là, assise à ses pieds, encore plus près que d'habitude. Fanny sourit en regardant le museau de la chienne posé sur ses baskets sales.

— Je sais que tu es là, je sais que je peux compter sur toi. On part faire la balade maintenant, tu veux ?

Ginka se relève en une seconde, prête instantanément. Fanny hésite mais elle décide de passer par la miellerie. Quelque chose la chagrine, une sensation, une impression, un doute comme un frisson qui se répand dans son corps au moment où elle ouvre le hangar. Serait-elle passée à côté d'une menace ? C'est vrai qu'elle va rarement prendre son courrier, et les e-mails, ça fait au moins trois semaines qu'elle ne les a pas consultés. Quelqu'un lui en voudrait ? Mais pourquoi ? Elle se promet de récupérer son courrier après la balade le long du canal et de trier sa messagerie ce soir. Il faut qu'elle affronte la possibilité d'une malveillance, l'hostilité est fréquente dans son milieu. Elle continue de réfléchir pendant la balade, elle fouille sa mémoire, mais à part quelques regards méprisants, aucun signe hostile ne fait surface. Ce soir elle ne s'arrêtera pas chez Suzanne, pas envie de parler de ce qui lui arrive, pas envie de subir un interrogatoire ni d'écouter les paroles consolantes qui n'apaisent rien. Elle rentre donc chez elle pour retrouver sa solitude et ses cogitations. En ouvrant la porte d'entrée, elle voit son portable qui vibre et qui s'allume sur la table basse, impérieux. Elle jette le courrier récupéré sur le canapé et saisit le téléphone. C'est Pascal. Elle repose l'appareil sans décrocher, le regarde qui s'éteint. Elle s'assied, prend sa tête entre ses mains, souffle quelques secondes et attrape les enveloppes qui attendent près d'elle. Aucune menace, aucune lettre anonyme, pas de corbeau en vue. L'insomnie guettant, Fanny décide de retrouver son atelier. Peindre ou travailler, elle hésite. Son regard parcourt sa bibliothèque bricolée à l'aide de vieilles planches en bois et de briques récupérées sous le vieil appentis de Maurice. Elle caresse du bout des doigts le dos de ses livres et choisit d'ouvrir son carnet en cuir noir. Elle tourne les pages de manière distraite, ne lit pas, s'imprègne seulement pour le refermer rapidement. Elle s'installe ensuite à son bureau en s'emparant d'une feuille et d'un crayon. Cette quatrième lettre adressée à son fils, elle la déposera demain dans la boîte à chaussures de Suzanne. Rien ne l'empêche d'écrire ses lettres ailleurs que dans le bar de l'Écluse.

Lettre 4.
Mardi 4 juin.

Aujourd'hui je t'écris pour partager une grande peine.

Aujourd'hui, mes ruches sont parties en fumée. Les abeilles sont toutes mortes ou presque, le matériel est totalement détruit. Cette journée s'annonçait comme l'une des plus joyeuses de l'année car c'était jour de récolte et je savais qu'elle serait excellente. En me réveillant ce matin je voyais déjà le miel doré couler des extracteurs, je ressentais déjà la joie et la gratitude que j'allais forcément éprouver comme à chaque récolte pour le travail des ouvrières, des butineuses et de toutes les abeilles. Leur destruction est une chose insoutenable. J'ai des visions terribles des ouvrières qui s'agitent et qui s'épuisent à faire vibrer leurs ailes pour assainir l'air autour de la reine, l'image de ce désastre m'obsède. Je me sens tellement coupable, elles étaient sous ma responsabilité. La perte financière et le massacre des colonies me désolent et même me désespèrent. Lorsque je suis revenue seule chez moi, un sentiment de panique m'a envahie. L'idée que quelqu'un s'en prenne aux abeilles pour me faire du mal me déstabilise totalement, je crois même que cela me fait peur. J'aurais préféré recevoir des lettres de menaces et tout le processus habituel de la haine, mais rien, je n'ai jamais rien reçu. Une fois, au tout début de mon installation, j'ai retrouvé quelques-unes de mes ruches à terre, je t'en ai déjà parlé, peut-être voulait-on seulement me souhaiter la malvenue, tu sais une femme qui s'installe seule dans le monde agricole n'est pas toujours appréciée instantanément ! La destruction de mes ruches m'effraie au-delà de la tristesse et de la colère.

T'écrire calmera peut-être cette angoisse naissante qui commence à agir comme une espèce de seconde peau visqueuse. Depuis que tu es parti, j'ai repris une de mes vieilles habitudes. Lorsque je me sens seule et perdue, je parcours mon carnet de citations. C'est un truc d'adolescente qui m'aide parfois à me raccrocher ou à m'évader c'est selon. Te souviens-tu du carnet de cuir noir refermé avec un élastique rose, celui que tu m'avais offert quand tu avais douze ans ? Celui dans lequel tu avais noté sur la première page « Mémo phrases d'écrivains que maman aime beaucoup ». Il est aujourd'hui totalement rempli et j'ai dû en acheter un autre l'année dernière.

Sous tes mots écrits au Bic bleu, j'ai collé un photomaton de toi. Tu as quinze ans, ton sweat à capuche vert et ton acné naissante. Un visage en construction avec tes yeux ardoise d'une douceur intelligente à l'infini. Recopier des citations, je le fais depuis que je suis enfant, ce qui a changé ces derniers temps c'est que je relis ces phrases pour être avec toi. Ça ne suffit pas pour vivre mais je crois que je me raccroche à la vie avec tous ces mots de femmes et d'hommes qui un jour ont réfléchi à comment faire ressentir au mieux un concept, une idée, un sentiment, la forme d'un visage ou les couleurs d'un paysage. Leurs mots m'aident à comprendre le monde. La puissance de l'écriture, Diego. Je viens d'ouvrir ce carnet noir, j'ai caressé ta photo et j'ai relu les phrases de Virginia Woolf, l'écrivaine qui a su si bien décrire la souffrance intérieure à mon sens, celle dont je me sens la plus proche et dont j'admire le plus la complexité des pensées et les éclairs de génie. Je ne me serais jamais lancée dans la lecture de Woolf la romancière si je n'avais pas lu son journal à Ouessant. Les locataires avant moi l'avaient oublié et c'est la photo en noir et blanc de son visage de profil, anguleux et mélancolique à souhait, sur la couverture de cette édition de poche qui avait attiré ma curiosité. J'avais alors pris l'habitude de la lire un peu tous les matins, sensation qu'elle rythmait mes journées au même titre que les marches et le dessin. J'avais besoin de me raccrocher à des rites répétitifs pour ne pas tomber dans le vide infini de ma nouvelle vie solitaire. Quand je lis Virginia Woolf j'ai la sensation d'être enveloppée dans un monde feutré, calme, voire silencieux. Pas de bavardage, pas de superflu et pourtant de la description des décors aux sentiments de ses personnages rien n'échappe à son œil affûté et profond. Et toi lis-tu toujours ? Ou es-tu toi aussi tombé dans le piège du smartphone ? Quoi ? Je t'imagine tout à coup me regarder avec mépris et je me souviens alors de nos accrochages de plus en plus fréquents avant ton départ au sujet de ce que je voyais comme une totale addiction. Ces disputes me laissaient toujours le sentiment de ne plus rien comprendre au monde dans lequel tu évoluais. Il me semble que les livres d'une maison meurent un peu quand un téléphone fait son entrée dans une famille. Non, je ne dramatise pas, enfin pas tant que ça !

As-tu remarqué les maisons qui deviennent silencieuses lorsqu'une collégienne ou un collégien obtient son portable ? As-tu remarqué que l'enfant ne sort plus jouer dehors avec ses voisins et voisines ? Comment il est happé par ce rectangle de verre numérique. O.K., j'arrête là mon discours de réac mais j'aimerais qu'on en parle ensemble, je serais curieuse d'apprendre de toi la vie d'aujourd'hui. Me ferais-tu sentir qu'à plus de quarante ans je suis trop vieille pour comprendre la marche de notre monde numérisé ? Mais revenons à Virginia Woolf. Voici la phrase de son journal que j'avais notée dans mon carnet et j'ai senti comme une urgence à te la partager car je pense que tu sais toi aussi ce qu'elle cache comme souffrance : « Être immune, c'est vivre à l'abri des chocs, des ennuis, des souffrances, c'est être hors de portée de flèches, avoir assez de bien pour vivre sans chercher flatterie ni réussite. »

Toi par exemple tu t'es mis à l'abri de la violence familiale et je suis fière de toi. Tu as cette force incroyable d'avoir su te protéger en t'exilant loin de tes parents. Je voudrais seulement connaître le lieu de ton exil. Je ne viendrai pas te chercher, mais es-tu vraiment heureux dans ta cachette ? De mon côté, c'est à Ouessant que je me suis mise hors de portée de la violence du monde. On ne trouve rien de tendre sur cette île, tout y est hostile, le paysage, le regard des habitants, la mer qui se fracasse contre les rochers, la mer qui emporte même parfois des enfants de touristes ne se méfiant pas assez de ses bras d'eau comme des griffes qui vous attrapent et vous emportent pour nourrir ses abysses. Il règne une sorte de folie dans notre monde occidental, c'est ce que je ressentais au moment de mon départ pour Ouessant et ce que je ressens encore bien souvent. La vérité crue et tourmentée de l'île est une sorte de baume sur nos folies continentales. La bruyère sèche et cassante, le cri du vent et le ressac des vagues, tout cela venait enivrer mon cœur moribond. Je pense que le sauvage des éléments de l'île est venu me guérir en ne me laissant pas sombrer devant un écran absorbant nos réalités ou vers la folie de la perte et du manque de son enfant. À la place d'une douce caresse apaisante qui m'aurait laissée totalement indifférente, cette claque inhospitalière était ce qui pouvait me sauver et me garder dans le monde des humains. La mer est parfois parcourue d'un frisson lorsque le vent n'est qu'une légère brise. Lorsque j'observais ce frisson sur l'eau, j'étais moi-même traversée par un frémissement qui me rappelait que j'étais toujours vivante. Et puis il y a eu cette tempête infernale, impossible de sortir pendant six jours. Isolée du monde sans électricité ni Internet, j'ai dû me résoudre à cette solitude extrême avec pour seule compagnie les livres et la musique d'une vieille radio à piles. Mais ces compagnons-là ne peuvent rien lorsque la panique intérieure gagne. Impossible de me concentrer sur un roman, sur une autre histoire que la nôtre. Depuis mon arrivée sur l'île je me réfugiais sur les réseaux sociaux pour essayer de te suivre à distance et j'appelais Lucie tous les jours pour savoir si tu avais cherché à me retrouver. L'électricité coupée, je ne pouvais plus continuer mon travail de recherche. Six jours de spéléologie interne à essayer de démêler les nœuds, à noter les événements qui me revenaient en mémoire, tous les épisodes, toutes les crises pouvant expliquer ton départ, toutes mes erreurs et celles de ton père. Lorsque le vent s'est éteint, j'étais épuisée et effondrée. Mais cet enfermement imposé, cette impossibilité de marcher quotidiennement m'a remise en mouvement. Oui j'étais toujours un être d'envie. Le besoin impérieux d'aller affronter les embruns me prouvait lui aussi que j'étais en vie. Je me suis alors frottée un peu plus au monde. Je suis allée prendre un premier café au bar du Ty quelque chose, j'ai oublié son nom. Je n'y ai parlé à personne et les gens se sont bien sûr arrêtés de discuter lorsque j'ai ouvert la porte. Les plus anciens se sont mis à parler breton et ce souvenir me fait aujourd'hui sourire puisque je crois bien que leur méfiance à l'égard de l'inconnu c'est peut-être la peur de perdre leur liberté.

Cette tempête avait nettoyé mon passé. Je me souvenais de tout bien sûr mais ce qui venait de m'arriver ne me plaquait plus au sol, je me mettais enfin en marche. Après cette première approche mitigée de la population, je suis allée me promener au phare du Stiff et c'est ce jour-là que j'ai rencontré Jean qui s'occupe des abeilles de l'île. C'est le premier humain avec qui j'ai discuté après des mois de réclusion. Il m'a parlé avec passion de ces fameuses abeilles noires au caractère belliqueux et il m'a donné envie de les connaître davantage. Je suis alors revenue tous les jours et Jean m'a appris mon métier d'apicultrice.

Ouessant est donc une île fondatrice mais je pense que sans les femmes d'Ouessant, jamais je n'aurais réussi à repartir sur le continent. Les Ouessantines m'ont redonné le goût d'être femme, moi qui avais été salie et écrasée sous les mains et les mots d'un homme, moi à qui on avait retiré le droit de se dire mère depuis que son fils l'avait quitté en claquant la porte. Les Ouessantines ont traversé tellement d'épreuves, c'est ancestral chez ces femmes qui ont gagné leur liberté et leur indépendance grâce à l'absence des hommes partis en mer. Bien sûr elles m'ont d'abord rejetée car elles se méfient de tout ce qui arrive par la mer, elles se méfient encore plus des femmes du continent qui pourraient venir séduire le peu d'hommes vivant sur leur île et les emporter avec elles. C'est une ancienne peur devenue inconsciente. Ce sont les vieilles de l'île qui m'ont acceptée. Il y a eu la première, Roseher. Oui Roseher, un magnifique prénom breton tu ne trouves pas ? Moi, il m'évoque un continent mystérieux et lointain. La vieille femme était voisine de la propriétaire du gîte dans lequel je vivais. Je t'ai déjà raconté lorsqu'elle est venue sonner à ma porte avec le carton d'encre ? Et bien ce n'était pas sa première approche. Je dessinais souvent sur le banc en granit face à la mer pas loin de ma chambre. Un jour elle s'est assise à côté de moi, sans parler. Elle regardait la mer et parfois discrètement je sentais ses yeux fureter vers mon dessin.

J'avais repris une autre de mes habitudes adolescentes, le griffonnage. Je ne suis pas très bonne dessinatrice mais j'aime lorsque le crayon qui frotte le papier me fait tout oublier. Roseher se montrait curieuse et cela me réjouissait que quelqu'un s'approche enfin de moi, même si bien sûr son visage fermé ne laissait rien présager de bon. Son souffle court de vieille femme me suffisait comme présence réconfortante. Et puis tout à coup elle s'est mise à me dévisager sans sourire, sans douceur, elle apprenait mes contours et sondait mon âme.

Je pensais que ma présence la mettait en colère et qu'elle allait me demander de partir de son île mais elle s'est à nouveau tournée vers la mer sans me parler. Le lendemain elle sonnait à ma porte avec son carton d'encre de Chine. C'est elle qui m'a appris tout ce que je sais de l'île, les cadeaux offerts régulièrement par la mer, les restes de naufrage que la mer finit toujours par recracher sur le rivage. Les gamines et les gamins dont le passe-temps était de faire le tour de l'île avec jumelles et cordage pour repérer les trésors rejetés par l'océan. Des paires de baskets, des disques inécoutables, des walkmans de la grande époque, des conserves, tout et n'importe quoi peut débarquer un matin et faire le bonheur des familles. Roseher me disait regretter un peu les temps fastueux où la mer rejetait presque quotidiennement des objets ou de la nourriture mais aujourd'hui on fait moins naufrage et je me suis surprise à sourire de cette espèce de nostalgie funeste. Voilà comment j'ai rencontré Roseher. J'ai ensuite fait la connaissance de ses amies qui ont pris soin de moi à leur manière. Ces femmes qui ne m'ont jamais prise dans leurs bras mais qui m'ont redonné le sourire pendant leurs veillées. Elles tricotaient et crochetaient avec fougue pendant qu'elles me racontaient les légendes de l'île ou médisaient sur tel ou tel voisin. Moi j'avalais crêpe sur crêpe avec mes bolées de cidre. Voilà comment elles m'ont remise sur pied, avec malice et détermination sans jamais me demander mon histoire, sans avoir besoin de savoir ce que je fuyais, elles savaient instinctivement que j'étais là pour soigner une douleur commune à la majorité de ces vieilles femmes, la perte. Paradoxalement, la seule personne à qui j'ai raconté notre histoire, c'est Jean, l'apiculteur. C'est à lui que j'ai confié la raison de mon arrivée sur l'île et je pense que c'est aussi pour ça qu'il m'a formée au métier. Il savait que mes économies ne me feraient pas vivre éternellement, j'avais besoin d'un métier car je ne pouvais plus être infirmière, ton père me retrouverait trop facilement.

Je suis bavarde encore une fois. Je voudrais tant te raconter tout cela de vive voix. Pour l'instant je t'écris ces souvenirs car ils sont fondateurs. Je voudrais connaître les tiens depuis que tu es parti. As-tu toi aussi trouvé une terre pour panser tes plaies ? Es-tu toi aussi entouré de gens qui t'apprécient ? As-tu un projet de vie, des études qui te portent ou même un métier que tu aimes ? C'est tellement important un métier que l'on aime. Tu es parti si jeune, tu as fait le choix difficile du déracinement, es-tu parfois un peu perdu ? Pour moi tu es encore un bébé, mais bien sûr je me trompe, tu es la force incarnée, la vie et la joie coulent en toi, j'en suis sûre, toi qui as choisi de fuir la violence et la mort.

Je retournerai bientôt à Ouessant. J'ai besoin de sentir à nouveau son pouvoir de guérison, son mystère qui engloutit nos propres secrets, son grand bain de silence qui apaise les âmes blessées. J'ai envie de revoir mes sœurs de malheur et Jean l'apiculteur qui m'a tout appris. Et dévorer à nouveau les crêpes de Roseher. Alors voilà ce que je souhaite le plus au monde, je te l'ai dit dans ma précédente lettre : t'emmener un jour avec moi sur l'île qui m'a un peu guérie, avec son vent qui nettoie nos blessures.

Malheureusement, les flèches nous atteignent parfois même lorsque nous sommes reclus. J'avoue que depuis la vision d'horreur de ce matin, je suis à nouveau tentée par l'isolement volontaire, mais d'autres abeilles attendent mes soins, il me reste cent ruches éparpillées sur différents sites. Et puis il y a Angora à qui je dois apprendre et transmettre mon métier. Je vais maintenant aller peindre et demain aussi, ce sera mon refuge avant de reprendre le chemin du travail. Peindre me permet de tenir à distance cette nouvelle peur diffuse que je ressens depuis que les ruches ont été incendiées, comme un danger latent qui rôde et qui me paralyse. Suzanne m'a proposé il y a quelques jours d'organiser une exposition de mes dessins dans son restaurant. Elle veut faire un vernissage avec concert et petits fours. C'est totalement exagéré et farfelu cette idée d'exposition mais je la soupçonne de vouloir me changer les idées, alors je me laisse guider par sa volonté bienfaisante.

J'aime t'écrire, tu es là, la pointe de mon stylo te fait vivre à mes côtés.

— 12 —

Les restes fumants de l'incendie sont maintenant totalement éteints depuis trois jours mais Fanny n'a toujours pas repris son travail. Elle n'a plus l'envie de son métier, stoppée brutalement dans son élan. Elle peint dans son atelier, mange peu et ne parle à personne. Son corps et son esprit comme au ralenti. Seules les taches d'encre qu'elle claque sur la toile l'aident à se lever le matin. Les taches, Ginka et la naissance des reines. Elle devrait se ressaisir, elle le sait. Les ruches épargnées déborderont bientôt de miel et les abeilles finiront par être trop à l'étroit, Angora veille mais la situation va devenir critique. Elle ne peut pas les abandonner après avoir déjà perdu une grande partie de son cheptel et pourtant elle ne fait rien, incapable de se remettre en route. Son corps est bloqué comme dans un mauvais rêve, ses jambes ne répondent plus et cette sensation cauchemardesque la tétanise depuis le jour du carnage dans le champ de La Haye. Voilà à quoi pense Fanny pendant que de sa dernière tache émane une forme qui lui rappelle un jouet de son enfance : son arbre magique en plastique dans lequel vivait un petit couple avec un petit chien et une petite voiture rouge et jaune dans son petit garage creusé dans le tronc de l'arbre. Ce souvenir ludique mais également l'absurdité du modèle proposé réussissent à faire apparaître un léger sourire sur ses lèvres. À l'aide d'un feutre rouge à pointe fine, elle trace des lignes sinueuses pour former un tronc sous le nuage noir. Apparaît alors l'écorce de l'arbre comme des vaisseaux sanguins jaillissant du sol et venant alimenter cette énorme masse sombre en forme de feuillage.

Il est 11 heures du matin et Ginka est allongée aux pieds du canapé, épuisée par leur longue marche matinale de deux heures. Fanny sait que la marche et le dessin l'aideront à reprendre le chemin du travail alors elle s'étourdit dans la répétition de ces deux activités depuis l'incendie. Les balades avec Ginka le long du canal et dans la campagne environnante chassent les pensées amères et la peur larvée. L'église de Fanny est la nature et la marche agit comme un cérémonial purifiant et cicatrisant.

Ginka relève brusquement la tête et au même moment Fanny entend frapper à la porte vitrée de l'atelier. Elle se retourne et voit Pascal avec son sourire timide et ses yeux rivés au sol. Elle le trouve soudain charmant dans sa maladresse et l'accueille avec un plaisir qu'elle dissimule parfaitement.

— Salut Fanny. Main passée dans sa tignasse, regard qui ose à peine croiser celui de sa voisine : Je viens voir si tu vas bien. Je veux dire c'est un moment difficile. Je… Tiens, je t'ai apporté des fleurs. Bon, ce sont des fleurs de mon jardin et je sais pas si tu aimes ça les fleurs coupées mais…

— Entre Pascal. Elles sont belles tes fleurs. Attends, je vais leur trouver un vase. Veux-tu un thé ou un café ? Installe-toi, j'arrive.

— Non, non merci, je ne peux pas rester, j'ai trop de boulot qui m'attend. Je voulais juste voir si tu allais bien. Je te laisse, je vois que tu peins. Il est beau l'arbre que tu accrochais quand je suis arrivé, je veux dire, c'est bien un arbre non ? Avec des racines rouges, comme du sang. J'le trouve impressionnant. Tu l'exposeras chez Suzanne ? Elle m'a dit pour l'expo, c'est super je trouve. J'ai hâte, vraiment. Si tu l'exposes je le réserve, tu colleras une première pastille « réservé » et ce sera pour moi d'accord ? Enfin je sais pas, si c'est pas trop cher, j'me rends pas bien compte. L'art et moi…

Fanny baisse la tête vers Ginka assise entre les deux humains, la gueule légèrement ouverte, on dirait même qu'elle sourit. L'apicultrice enfonce ses mains dans les poches de son pantalon de travail et commence à se balancer imperceptiblement d'un pied sur l'autre.

— Ça me gêne tu sais. Je ne suis qu'une amatrice, je te le donne avec plaisir mon arbre s'il te plaît tant.

— Non non, surtout pas. Mais on en reparle, je dois filer.

Caresses habituelles de Pascal sur la tête de Ginka, si commodes pour masquer le léger tremblement des mains, impressionné qu'il est par cette femme attirante et intelligente comme il n'en connaît aucune autre. Il détaille le moindre recoin de l'atelier pour ne surtout pas croiser son regard et il ne se reconnaît pas dans le rôle de l'amoureux transi et timide, lui qui a plutôt la réputation du bon copain jovial. Fanny l'impressionne et c'est la première fois qu'il se sent gauche et désarmé face à une femme. Il découvre aussi que ce n'est pas désagréable cette nouvelle sensation de timidité intense et de bouillonnement fébrile, bien au contraire.

— O.K. Pascal, avec plaisir, repasse plus tard si tu veux, on en reparle autour d'un verre cette fois-ci d'accord ? Je ne bouge pas, reviens me voir après ta journée si ça te dit.

— Oui, oui d'accord on fait ça, s'entend-il répondre complètement abasourdi par ce qui semble bien être une invitation, la première invitation de Fanny. À plus tard alors. Oui c'est ça, bon, j'y vais, salut.

Ginka se rallonge au pied du poêle en regardant sa maîtresse refermer la porte de l'atelier. Fanny s'attarde pour la première fois sur son voisin marchant vers sa voiture, son fameux geste de la main passée dans sa chevelure, des cheveux blonds et mi-longs, sauvages, solaires que Fanny ne remarque que maintenant. Il a la blondeur grisonnante qui réchauffe, la blondeur de l'ange et toutes les métaphores qui vont avec, mais ce qui plaît à Fanny c'est qu'ils sont en bataille, emmêlés, pas soignés, c'est ça qu'elle se surprend à aimer tout à coup. Elle ose se dire pour la première fois que son gentil voisin est aussi un homme séduisant. Elle retourne peindre le cœur un peu plus léger mais elle appréhende déjà la tâche difficile qui l'attend dans l'après-midi puisqu'elle est décidée à aller chercher les trois dernières ruches sur le champ de La Haye. Elle va tenter de nettoyer un matériel noirci mais encore sur pieds et elle en est certaine, ce travail sera hautement désagréable, peut-être même douloureux.

Le soir venu, Pascal se gare dans la cour de la ferme du Rocher. Il s'est changé et s'est parfumé mais il n'est pas sûr de l'idée. C'est avec ce doute en tête qu'il s'approche de la grange car il remarque tout de suite que l'atelier est éteint. Il entre sans faire de bruit. Elle est là, au fond de l'immense pièce froide éclairée seulement par un néon moucheté, à l'endroit où elle entrepose son matériel et les ruches en attente de réparation. Fanny est assise sur un vieux tabouret en bois qui appartenait à Marcel, elle est de dos et gratte le cadre d'une ruche à l'aide d'une grande spatule. Elle est habillée comme dans la matinée, un débardeur couleur paille et un pantalon de chantier noir. On ne peut pas dire qu'elle soit élégante pour un premier rendez-vous mais Pascal aime son style de baroudeuse. Plus il approche plus il remarque qu'elle frotte le matériel de manière frénétique. Elle ne l'a pas entendu, trop concentrée sur sa tâche. Il se racle alors la gorge pour la prévenir de sa présence. Elle sursaute mais ne dit rien et reprend son travail sans se retourner. Elle ne s'arrête pas de gratter le cadre rempli de miel carbonisé et redouble même la cadence avec une sorte de violence contenue qui ressemble davantage à de la fureur. Pascal n'a pas besoin de voir son visage pour savoir qu'il est empli de larmes. Il serre maintenant l'épaule de Fanny pour qu'elle s'arrête mais rien n'y fait, elle continue. Il est des moments où la parole est impossible car dérisoire. Une sorte de désespoir envahit la pièce. Il décide alors dans un élan irréfléchi d'immobiliser les bras de l'apicultrice qui se lève brutalement et le pousse. Elle renverse le tabouret d'un coup de pied violent et se met à courir vers la sortie. Pascal la rattrape et l'oblige à se retourner vers lui.

— Fanny arrête ! Parle-moi, que se passe-t-il ? Dis-moi !

Elle se débat, frappe son torse pour le repousser et hurle de la laisser tranquille. Ses yeux assombris par le chagrin, ses larmes noircies par ses mains cendrées qu'elle frotte furieusement sur ses joues rougies par l'acharnement. Il ne la reconnaît plus. La colère de Fanny s'exprime enfin dans une violence désespérée. Pascal la reprend dans ses bras, instinctivement, il la serre encore plus fort dans un geste qui se veut protecteur mais elle se défait à nouveau de son étreinte et s'enfuit en courant, Ginka sur ses talons qui aboie avec force et détermination, peut-être pour ordonner à sa maîtresse de se calmer. Seul au milieu de la grange, Pascal reste immobile et bras ballants. Il se retourne et découvre le désastre provoqué par l'incendie. Des dizaines de cadres chargés de miel carbonisé que Fanny tentait de gratter. Sur le sol en terre battue, au pied du tabouret qu'il remet en place, un tas de miel noirci mélangé aux restes de centaines d'abeilles brûlées et desséchées. Il décide de se rendre dans l'atelier. L'attendre. C'est certain, il faut qu'il soit là quand elle reviendra. Il connaît son besoin de marcher, elle ne lui a jamais dit mais tout le monde le sait. Fanny la marcheuse solitaire, Fanny celle qui marche avec sa chienne, Fanny l'apicultrice qui marche tout le temps, voilà comment on la décrit par ici, la marche fait partie de son mode de vie et les gens du coin le savent tous. Il l'imagine maintenant avançant avec détermination et colère dans les hautes herbes longeant le chemin de halage, bravant les fougères coupantes et les orties piquantes pour s'enfoncer vers un terrain inconnu puis peut-être courir se réfugier contre le tronc d'un peuplier, s'écroulant enfin entre les racines apparentes et accueillantes de cet arbre centenaire, Ginka s'allongeant contre sa jambe. Ou alors peut-être est-elle partie voir Suzanne. Ce qui est certain c'est qu'elle reviendra et qu'il sera là pour elle.

Une fois dans l'atelier il se permet d'ouvrir le frigo-couveuse et découvre le spectacle magique que Fanny lui avait proposé de venir admirer en rentrant du marché quelques jours plus tôt. Il observe en transparence certaines jeunes princesses qui se prélassent encore avant le jour de leur sortie définitive du cocon. Voilà ce à quoi Fanny devrait se raccrocher, il faudra qu'il lui dise. Il hésite à se servir un verre mais se ravise, il n'ose pas. Il se dirige vers le fond de l'atelier pour admirer les peintures et s'immobilise un long moment devant l'arbre noir et rouge. Il ne sait pas vraiment pourquoi mais cet arbre le bouleverse. Il s'approche au plus près, recule, plisse les yeux, penche la tête à droite, il cherche à comprendre pourquoi il est ému par cette tache. Il se sent tout à coup tel un intrus ne respectant pas l'intimité de sa voisine et retourne alors vers le poêle éteint. Il se cale dans le canapé. Sur la table basse, éparpillés, des livres et une dizaine de revues professionnelles. Il choisit un manuel sur l'élevage des reines d'abeille et le feuillette distraitement, il essaie de se concentrer sur les images techniques, mais la stratégie n'est pas bonne, ses yeux ont une furieuse envie de se fermer, il lutte, un peu, il ne doit pas s'endormir, il s'accroche aux images car les mots écrits agissent comme des somnifères, mais rapidement il sombre. C'est l'un des inconvénients majeurs de ses dures journées de labeur dans les champs, dès qu'il s'assoit dans un canapé, le sommeil l'attrape instantanément.

La nuit est tombée. Pascal se réveille en sursaut. Fanny est là, près de lui. Il se relève et veut parler mais elle pose un doigt sur ses lèvres. Son visage est maintenant dénué de larmes mais il est assombri par des traces noires qui sillonnent ses joues et ses paupières. Un visage incarnant le drame, voilà ce que se dit Pascal. Il tend la main vers sa joue, essuie les traces de charbon avec son pouce, elle ferme les yeux. Il voudrait lécher toutes les larmes de cette femme. Il approche sa bouche de son visage noirci et commence à déposer des dizaines de baisers sur les sillons de suie salée. Elle ne bouge pas mais elle murmure : « Pourquoi, pourquoi Pascal ? » Sa bouche est à quelques millimètres des lèvres de cet homme qui a entrepris de la laver minutieusement. Elle continue de lui chuchoter des mots incompréhensibles. Il voudrait attraper ces mots pour effacer cette douleur qui semble la rendre folle. Pour aspirer la souffrance, Pascal plaque alors sa bouche contre celle de Fanny qui gémit de surprise. Les yeux de l'apicultrice se ferment à nouveau lorsque les pointes blondes de Pascal viennent effleurer ses paupières. Ces cheveux lumineux semblent alors calmer le torrent de tristesse qu'elle ne maîtrisait plus. La bouche de Pascal a maintenant le goût de la fumée mais elle a surtout la douceur de lèvres veloutées. Fanny prend la tête de Pascal entre ses mains et elle plante ses yeux noirs dans les siens. C'est elle maintenant qui vient chercher ses lèvres à lui, c'est le moment électrique des bouches affamées, des bruits d'envie, des gémissements de plaisir au contact de ce visage nouveau, du froissement des vêtements et des mains passées dans les cheveux de l'autre dans un geste animal. Tout ce plaisir et cet élan que Fanny avait oubliés depuis longtemps et qu'elle ne voulait plus jamais revivre. Le contact de leurs deux langues, enfin, comme un détonateur. Elle sent le désir commencer à irradier le bas de son ventre et remonter jusqu'à ses lèvres totalement offertes. Elle sent ce désir jusqu'à la douleur. Comme un éclair foudroyant, une tornade soudaine, c'est fulgurant, violent, fascinant et irrésistible. Ce désir vient lui rappeler à quel point elle est encore vivante. Elle le repousse alors violemment.

— Laisse-moi Pascal, je ne peux pas. Rentre chez toi, s'il te plaît, pars. Je ne suis pas prête, pas maintenant.

Un moment suspendu, fin brutale. Il plante ses yeux encore fous d'envie dans ceux qu'il n'osait pas affronter avant ce soir. Un sourire sur les lèvres, il se lève avec douceur et pose sa main sur l'épaule de Fanny, avec tendresse.

— Fanny, tu sais où me trouver. Ne reste pas seule trop longtemps, promets-moi.

Sans un mot et sans bouger, elle le regarde refermer la porte et attend son départ pour rejoindre sa chambre de l'autre côté de la cour. Elle sort et prend le temps d'observer le ciel étoilé, mains dans les poches. Ginka arrêtée à ses côtés, levant la tête elle aussi mais seulement vers sa compagne. Fanny s'en amuse et lui caresse le museau.

— Je t'en ai fait baver aujourd'hui, viens on va se reposer maintenant. Allez viens !

Fanny se force à courir avec légèreté, à taper dans ses mains, à provoquer Ginka qui se met à sauter, courir en trombe, s'arrêter et revenir en jappant vers l'apicultrice, toujours prête à jouer malgré son âge. Fanny ouvre la porte d'entrée, un regard vers la photo de Marcel et Marianne. Chagrin furtif en pensant qu'elle n'a pas pris assez soin des abeilles de l'ancien propriétaire mais elle chasse rapidement cette idée noire pour ne pas sombrer à nouveau dans l'angoisse douloureuse de l'après-midi. Elle balance ses chaussures sous le radiateur froid, se passe la main sur la nuque et étire le haut de son dos noué et douloureux. Elle ne supporte pas le silence qui s'impose maintenant tout autour d'elle, le silence de l'absence, de la solitude. Elle verrouille la porte d'entrée. Nouvelle habitude depuis l'incendie. Elle se rend dans la cuisine et ouvre le réfrigérateur, le referme, se dirige vers l'évier et fait couler l'eau froide. Elle boit puis asperge son visage pour laver les restes de suie et c'est finalement sa tête entière qui finit sous le filet d'eau glacée. Lorsqu'elle ferme le robinet, toujours ce silence. Ginka dort déjà sur son tapis en bas de l'escalier. Elle pense bien sûr à la bouche de Pascal et à ses cheveux dorés. Il lui fait penser à un marin alors qu'il n'y a pas plus terrien que lui. Marin, mer, soleil, embruns, vent. Ouessant. Fanny se retrouve alors absorbée dans un état de contemplation, se rêvant à nouveau auprès de Roseher et ses amies. Elle ne sent pas l'eau glacée qui coule des pointes de ses cheveux vers son cou, les gouttes qui ruissellent entre ses omoplates et ses épaules, qui trempent son débardeur et finissent sur le carrelage. Elle ne voit pas la flaque qui se forme à ses pieds pendant qu'un souvenir très précis lui revient. Marie-Pierre, la plus jeune de « la bande à Roseher » qui lui pose un casque sur les oreilles un soir de veillée en lui disant : « Maintenant quand tu feras tes randonnées, écoute-moi ça O.K. ? C'est un gars d'ici, nous aussi on a des célébrités tu sais, y a pas qu'à Paris qu'on trouve des artistes. » Premières notes de piano, la voix chaude et poétique de Dominique A sur la musique de Yann Tiersen, *Monochrome*. Toujours aussi puissante cette chanson qui lui dit de ne pas avoir peur. Elle monte dans sa chambre au papier peint discrètement fleuri et aux boiseries blanches jusqu'aux poutres du plafond. Rien n'a changé depuis le départ de Marcel et Marianne qui avaient proposé à Fanny de lui laisser cette chambre entièrement meublée. Elle voulait du neuf Marianne dans son appartement moderne, elle rêvait d'un dressing comme à la télé et d'un lit équipé d'une télécommande pour se relever facilement en prévision des nombreux petits déjeuners au lit qu'elle comptait bien prendre maintenant que son Marcel ne travaillerait plus. Fanny l'aime comme ça sa chambre, désuète et sobre, lumineuse le jour et accueillante le soir grâce au joli bois des meubles simples mais robustes, bien loin du style bretonnant parfois étouffant. Elle attrape son téléphone pour rechercher l'air qui lui trotte dans la tête tout en séchant sommairement ses cheveux à l'aide d'un torchon de cuisine. Elle se déshabille, enfile son vieux tee-shirt de nuit informe, trouve enfin la chanson et installe son casque sur ses oreilles, prête à essayer de dormir. Elle doit retrouver Angora le lendemain et se remettre au travail, pour cela il faut du sommeil réparateur. Mais dès qu'elle ferme les yeux, la chanson ne l'empêche pas de revoir les centaines de corps carbonisés sur les cadres des ruches. Les abeilles mortes se superposent sur l'image de Diego dont les traits s'effacent, son cœur à elle qui recommence à battre trop vite. Elle rallume la lumière, regarde la boîte de décontractants musculaires sur sa table de nuit et se dit que deux comprimés n'ont jamais tué personne et lui permettront peut-être d'effacer un temps toute cette tristesse. Son corps solitaire et anxieux a besoin de repos, au moins pour quelques heures.

— 13 —

Seule. Seule au milieu de la nature mais pas vraiment seule au monde. Il y a le frémissement de la rosée ruisselant sur les feuilles des fourrés sauvages, il y a le frêle piaillement des moineaux et autres oiseaux délicats déjà en mouvement pour la chasse aux minuscules rampants, le chœur aviaire annonçant une nouvelle journée de printemps qui démarre. Et puis il y a le clapotis subtil de la rivière qui apaise cette frénésie matinale. Les insectes semblent encore endormis. Les insectes et les humains. Fanny marche en prenant de larges inspirations, elle s'étire régulièrement, observe tous les détails de cette nature qui l'accueille avec indifférence. Un sentiment d'éternité. Il semblerait que rien ne puisse arrêter ces habitants hyperactifs dans leurs habitudes matinales et elle se sent comme une invitée privilégiée savourant la campagne désertée. Elle est la seule ici à avoir conscience de la menace des humains et de leur arrogant désir de domination. Il est 8 heures du matin et elle marche avec Ginka. Vieilles chaussures de randonnée, bas de survêtement délavé et tee-shirt de nuit sous son pull camionneur, bouche pâteuse, cheveux en bataille, surtout ne croiser personne sous peine de gêne intense. C'est un rêve étrange qui l'a réveillée à l'aube malgré les deux décontractants pris au coucher. Dans ce cauchemar d'une rare intensité, Pascal se mêlait à des manifestants antiapiculteurs sur une place encerclée de pompiers. Ils semblaient dénoncer l'exploitation intensive des abeilles. Elle l'appelait avec un mégaphone mais il n'entendait pas. Et puis brusquement il s'était détaché du groupe pour s'approcher d'elle. Plus il avançait, plus il était menaçant, un poing en l'air et l'autre main tendue vers elle avec un index vindicatif et accusateur, le regard de plus en plus noir. Il hurlait à ses compagnons de lutte qu'elle était là, la coupable. Fanny s'était alors réveillée en sursaut au moment où il arrivait près d'elle, l'haleine chargée de mauvais vin. Réveil brutal et troublant, elle s'était levée un peu perdue et agitée par une sensation désagréable en repensant à leur rapprochement de la veille. Alors, sans prendre le temps de réfléchir, comme une urgence, elle était sortie très vite de la ferme pour aller marcher, unique remède possible avant de commencer sa journée de travail auprès d'Angora.

Elle traverse le pont de l'écluse lorsqu'une vibration de son téléphone dans sa poche la ramène au présent. Un rapide coup d'œil sur l'écran pour être sûre que sa stagiaire ne cherche pas à la joindre. Surprise de découvrir un message de Pascal : « Tu as bien dormi ? Moi pas du tout. Je trouve pas les mots mais j'ai trouvé une chanson. Peut-être je vais passer pour un con mais tu veux bien l'écouter ? » Curieuse, Fanny met ses écouteurs sur ses oreilles et pose son doigt sur le lien envoyé par Pascal. Des bruits de talons qui courent dans une rue qu'on imagine sombre, étroite et pluvieuse. Sourire à la fois malicieux et troublé de Fanny, ce clin d'œil matinal romantique et délicat, un peu adolescent aussi, la réjouit et chasse son réveil maussade. Elle reprend sa marche au rythme de la chanson et accélère la cadence de ses pas. Elle enjambe un talus de coquelicots et pénètre dans le sous-bois où Ginka vient de s'enfoncer en reniflant le sol brillant de rosée. Une minuscule clairière entourée de jeunes chênes, parsemée de digitales mauves et de jacinthes sauvages d'un bleu électrique, offre à Fanny un spectacle à la fois simple et grandiose. Un petit théâtre champêtre. La clairière est inondée de soleil dont les rayons viennent réchauffer son dos. Elle s'arrête et enlève ses écouteurs. La journée peut enfin commencer.

Le *kiak* autoritaire, abrupt et rocailleux d'un imposant pic vert à crête rouge stoppe Ginka dans sa séance de humage intense. La chienne observe alors silencieusement cet oiseau mi-clown mi-punk, trop impressionnée par ce bec massif et ces griffes imposantes pour aboyer sa présence. Le pic, outrageusement coloré pour un oiseau breton est intimidant et Ginka ne s'y frottera pas. Comme sur un artiste au milieu de la scène, le rayon de soleil est son projecteur et on dirait bien qu'il va se mettre à chanter ou à déclamer à tout moment. Fanny profite du spectacle offert, la femelle venant se poser elle aussi près de son mâle fouillant le sol à la recherche de fourmis dont ils se régalent. La saison amoureuse bat son plein, ça parade, ça chante, ça roucoule et ça nidifie. Pourvu que rien ne change. Un seul pas de Fanny et les voilà qui fuient en kiakant de plus belle leur mécontentement. C'est à ce moment seulement que Ginka s'autorise un grognement méprisant avant de reprendre, fière et soulagée, sa balade matinale.

Lorsque Fanny arrive une heure plus tard dans le jardin de Suzanne, elle retrouve Angora en pleine discussion rieuse avec la patronne du bar de l'Écluse. La sensation de rentrer à la maison auprès de ses sœurs la surprend et la réconforte à la fois. Regards appuyés de sa stagiaire, indifférence simulée de son amie, les deux femmes l'accueillent chaleureusement chacune à leur manière. Ce qui est certain c'est qu'elles devinent et respectent le refus de Fanny de parler de ce qui s'est passé. Pour l'instant l'heure est aux retrouvailles et au travail. Angora avait certainement anticipé l'envie de Fanny de ne pas s'attarder en bavardage puisqu'elle est déjà en combinaison, prête à poser les chasse-abeilles dans les ruches installées chez Suzanne, le long du canal. Fanny est touchée par cette marque d'attention, on dirait bien qu'Angora commence à la connaître un peu, elle et ses refuges silencieux. Elles n'ont pas besoin de se parler, elles savent ce qu'elles ont à faire et la matinée leur suffit amplement à préparer les ruches pour la récolte. Elles décident alors d'accepter l'invitation de Suzanne à déjeuner toutes ensemble.

Fanny a la sensation que la pellicule de peur qui recouvre sa peau depuis l'incendie se dilue peu à peu en compagnie de ces deux femmes. Elles parlent de la future exposition. Suzanne déborde d'idées et d'envies. Des musiciens, des recettes anglaises de petits fours à tester, de la bière locale, du cidre local, des galettes locales, elle est intarissable et Fanny ne résiste pas longtemps à la surenchère quasi comique de son amie.

— On dirait que tu te prépares à accueillir une star dans ton bar ! Ce n'est que moi hein, n'en fais pas trop non plus !

Épaules qui s'affaissent et regard blessé de Suzanne qui répond, d'un ton tranchant.

— Mais tu vas arrêter un peu avec ta modestie fatigante ? Tu es mon amie alors tu crois que je ferais tout ça si tu valais pas un clou ? Non mais j'veux dire, tu crois que je te laisserais t'humilier devant tous les habitants du coin ? *Bloody hell*, y a pas une fois dans ta vie où tu vas te dire que ce que tu fais a de la valeur ? T'es fatigante Fanny l'apicultrice, tu le sais ça ? Oui oui, tu peux rougir vas, j'aime ton travail de peintre, j'aime ton univers, j'ai envie de le montrer au monde, point barre !

Suzanne se lève pour aller chercher une cigarette dans son étui qu'elle cache toujours derrière le bar.

— Et puis je vais te dire un truc, même si tu n'as que trois pauvres tableaux à exposer, je m'en fiche, je les accroche et on fait la fête, c'est compris ?

Elle souffle alors la fumée vers le plafond, ses mains retombant, comme abattues, entre ses jambes écartées.

— O.K. Suzanne, pardonne-moi. Je vais essayer d'y croire et si c'est un prétexte pour faire la fête dans ton bar, tu as ma bénédiction. Et j'ai bien plus de trois tableaux tu sais, j'ai produit à un rythme industriel depuis l'incendie.

De manière totalement incongrue, Suzanne se met à rire bruyamment. Le fou rire la prend, communicatif.

— Tu vois, tu es drôle aussi quand tu veux, répond Suzanne tout en essuyant une larme de rire au coin de l'œil. Non mais je t'imagine toi, la p'tite et discrète Fanny balançant de l'encre de manière industrielle comme tu dis, toi une enragée devant la toile.

— Suzanne, on t'a jamais dit de te méfier des apparences ? J'suis pas si fragile et douce que j'en ai l'air.

— Ça, je confirme ! intervient Angora jusqu'ici silencieuse, avec un clin d'œil appuyé vers Fanny tout en bâillant bruyamment. Bon, moi les filles je suis crevée, la journée a été mouvementée hier, vous êtes au courant de ce qui s'est passé sur la plaine de Caen ? Vous avez pas vu les dangereux activistes ? Bah j'y étais.

— Quoi ? Non vas-y explique nous, qu'as-tu fait encore, espèce de révolutionnaire ! répond Suzanne avec une curiosité non feinte.

Angora raconte alors l'action coup de poing menée par son collectif contre la création des bassines d'eau. Le car organisé, le départ à l'aube et l'arrivée surprise lorsque des travaux allaient commencer. Le chantier prévoyait de creuser une nouvelle retenue d'eau de la taille d'au moins dix terrains de football quand le collectif a débarqué, fumigènes à la main bien décidé à stopper les tractopelles.

— Et pourquoi c'est pas une bonne idée ces bassines réserves d'eau ? la coupe Fanny.

— Mais, pour plein de raisons ! La première c'est que comme d'habitude on privilégie les cultures céréalières intensives comme le maïs qu'on envoie ensuite à l'étranger pour nourrir un bétail à l'autre bout du monde et puis aussi parce que l'eau doit rester un bien commun. Là l'État finance ce genre de projet privé avec notre argent, enfin le vôtre les filles. En plus ça bousille les nappes phréatiques dans lesquelles ils viennent pomper en hiver. Et *cherry on ze cake*, Suzanne, ils sont obligés de foutre des produits dans l'eau de leurs putains de bassines puisque les bactéries et les algues se développent puissance trois mille en été dans cette eau stagnante. Bref, encore une autre folie comme on sait en pondre pour s'adapter à notre cher modèle ultra-capitaliste.

— Mmmh d'accord, Angora, mais on peut voir ça autrement, poursuit Suzanne. On a un problème de sécheresse l'été, on trouve des solutions, moi ça ne me choque pas qu'ils s'organisent pour produire à bouffer, non ? *Oh my God*, Fanny aide-moi, elle va me tuer sur place la petite là.

Fou rire général, il est l'heure de reprendre le travail, Suzanne est sauvée.

Après le déjeuner, Angora et Fanny font la tournée des dernières ruches éparpillées dans la campagne autour de la ferme du Rocher pour poser les derniers chasse-abeilles. La récolte ne peut plus attendre puisqu'à cause de l'incendie Fanny n'a pas échelonné ses journées de prélèvement comme elle le fait d'habitude. Les ruches foisonnent et débordent. Les deux apicultrices travaillent en silence, comme deux automates connaissant par cœur leur mission. Il est 17 heures lorsqu'elles terminent leur tâche. L'heure de la balade pour Ginka.

— Angora, ça te dirait d'aller voir la mer ?

Surprise, Angora sourit de cette soudaine proposition d'évasion alors que le moment de la récolte ne s'y prête pas du tout. Comme toujours Fanny la déstabilise. Elle était jusqu'à hier totalement abattue par l'incendie, recluse chez elle et Angora commençait d'ailleurs à se demander si elle allait pouvoir terminer son stage. Elle était passée voir Pascal pour lui faire part de son inquiétude et il avait fini par lui promettre d'essayer de convaincre sa voisine de reprendre le travail. Angora ne sait pas s'il a respecté sa promesse mais ce qui est certain c'est que Fanny est apparue ce matin avec le sourire.

— Mais oui, carrément ça me dit d'aller voir la mer ! Mais est-ce bien raisonnable ? On a une grosse journée qui nous attend demain.

— Et depuis quand ma stagiaire de vingt ans est-elle devenue une personne raisonnable ? Le temps est magnifique, je te propose juste une petite balade histoire de changer d'air et Ginka adore le sentier que je vais te montrer pour se dégourdir les pattes. On est à trente minutes de Saint-Suliac, tu connais ? Bon, c'est pas tout à fait la mer mais ça me ferait plaisir de te faire découvrir ce petit écrin près de Saint-Malo. Oh et puis moi j'ai besoin de me changer les idées. Tu dis oui ?

— Bien sûr que je dis oui, un grand oui ! On y va direct ?

— Oui, allez grimpe dans le camion !

Une plage caillouteuse à droite, une baie charmante dédiée aux sports nautiques sur la gauche. Voilà le spectacle qu'offre le port touristique de Saint-Suliac en contrebas d'un dédale de ruelles moyenâgeuses. Angora n'est cependant pas vraiment charmée par le lieu classé plus beau village de France. Et puis ce n'est même pas la mer, pas d'iode décapant les narines, même si les mouettes font illusion. Fanny au contraire, sourire aux lèvres, se délecte en lui racontant les légendes du village. Une vraie guide touristique !

— Allez, maintenant je t'emmène là-haut sur le promontoire de Grainfollet, on va traverser la plage de galets que tu vois à droite et on va prendre le chemin qui part de l'espèce de grotte au bout de la plage. Je te préviens ça grimpe tout le long de la colline. Prête ?

— Je savais pas que Ginka aimait grimper, étonnant pour un chien non ?

— En fait c'est pas ce chemin qu'elle aime, c'est l'autre qui part à gauche, à l'autre bout du port. Si on le prend on arrive au mont Gareau et son point de vue sublime sur la Rance. Je me suis d'ailleurs promis de faire tout le chemin le long du canal à pied de chez moi jusqu'à Saint-Suliac avec Ginka un jour, il faut juste que je trouve le bon moment mais je le ferai ! Il paraît même qu'un village viking était installé à la naissance du canal, il y a une espèce d'anse un peu marécageuse et à marée basse on voit les vestiges d'une fortification. Tu imagines, une bande de Vikings… Une autre fois je te montrerai.

— Et pourquoi on n'a pas pris l'autre chemin alors si c'est celui que vous préférez toutes les deux ?

— J'avais envie de te montrer le panorama vu d'en haut, tu vas voir c'est très beau.

En haut de la colline, après dix minutes d'ascension dynamique, c'est un promontoire désolé qui apparaît. On a creusé dans la roche une grotte-mausolée aux allures de repère vaudou. Des grigris, des pièces de monnaie, une canne en bois blanchi, des coquillages, une paire de maracas perdue au milieu de ce bric-à-brac, y ont été déposés en offrande. Au-dessus de la grotte, sous un oratoire de quartz, érigée là, une Vierge blanche, immaculée, entoure l'Enfant de ses mains, l'Enfant qui tend les bras face à la baie comme pour accueillir ceux qui reviennent d'un long voyage. Ce sont d'ailleurs des marins du XIXe siècle qui ont un jour collecté assez de fonds pour dresser leur protectrice à l'Enfant. Un pari lancé la veille d'un départ pour la pêche à la morue vers l'île de Terre-Neuve, au large des côtes canadiennes. Si toute l'équipe revenait saine et sauve, ils construiraient un promontoire pour remercier la Vierge à l'endroit où leurs femmes avaient l'habitude de les attendre lorsqu'elles avaient vent de leur retour imminent au village, là-haut sur la colline. Pour les athées, ce pari leur a porté chance, pour les croyants c'est la foi qui les a guidés, ce qui est certain c'est qu'ils sont tous revenus de cette campagne de pêche à l'autre bout du monde et qu'ils ont donc honoré leur promesse. C'est ce que Fanny explique à Angora alors qu'elles lisent une signalétique décrivant cette tradition de pêche à la morue au large de Terre-Neuve.

— Et là-bas vers la droite c'est l'île de Cézembre au large de Saint-Malo, tu connais ? L'île où s'étaient installés les Allemands pendant la Seconde Guerre mondiale. Cette minuscule île a tout connu, un repère d'ermites, un monastère, une prison, une zone de quarantaine pendant l'épisode de peste, une garnison Vauban pour finir avec les bunkers allemands. L'île a été complètement ravagée par les bombes et une grande partie est encore fermée au public à cause d'un déminage compliqué mais la plage a tout de même repris ses droits. Si tu veux, en fin de saison je t'emmènerai.

Fanny tend maintenant son bras vers un autre point à l'horizon, la gourmette à son poignet se met à briller un peu trop fort, elle l'éblouit. Elle la fait alors glisser sous son tee-shirt noir à manches longues et poursuit ses explications.

— Sinon, si tu regardes au loin vers la gauche c'est Terre-Neuve, mais bien sûr faut que tu imagines, elle est tellement loin cette île.

Mais Angora ne l'écoute plus, les yeux fixés sur le dessin d'une fleur emblème de Terre-Neuve. Son nom « sarracénie pourpre » ne lui dit rien mais elle est persuadée d'avoir déjà vu cette fleur dessinée quelque part.

— Voilà ça y est Fanny, je sais !

Fanny recule d'un pas, mi-amusée mi-surprise par l'exclamation d'Angora.

— Je crois que je viens de comprendre pourquoi tu aimes venir ici. Cette fleur. Je me souviens maintenant. C'est dans ton salon que je l'ai vue ! Les deux dessins d'enfant encadrés ? C'est ton fils qui les a faits, non ? La fleur c'est l'emblème de Terre-Neuve. Il est là-bas ? Et toi tu as découvert ce village qui te rapproche de lui. Je me trompe ? Fanny, c'est pour ça que tu aimes venir ici ?

Fanny fixe un point au loin, agite légèrement ses jambes, se mord la lèvre mais finit par esquisser un léger sourire entendu. Sa stagiaire est perspicace et observatrice sous ses airs de jeune femme agitée.

— C'est ça, hein, j'ai raison ? Je comprends mieux alors, non parce que c'est joli ici c'est pas le problème mais ta passion pour ce promontoire me laissait perplexe je t'avoue.

— Angora tu m'épateras toujours, tu le sais ça ?

— Tu crois quoi ? Que je ne suis que l'énervée de service sans cervelle ? répond Angora sur un ton de plaisanterie provocante.

— Bien loin de moi cette idée ma chère. Je ne sais pas si Diego est à Terre-Neuve mais pour les deux dessins oui tu as raison, ils sont de lui. Cette fleur, il avait passé un temps fou à la dessiner, hyper-appliqué dans les détails de ses couleurs complexes. Il s'est pris de passion pour Terre-Neuve après la lecture de Kipling quand il avait treize ans, il s'est intéressé à l'histoire de cette île comme une idée fixe, il avalait tout ce qu'il trouvait sur le sujet et surtout sur l'archipel français Saint-Pierre-et-Miquelon plus au sud de Terre-Neuve. Il était comme ça Diego, quand un sujet l'intéressait et l'intriguait, il s'en emparait de manière obsessionnelle et dès qu'il avait épuisé tout ce qui était à sa portée, il se passionnait pour un autre sujet. Sauf que Terre-Neuve il ne s'en est pas vraiment détourné et à l'âge de quinze ans il m'a annoncé qu'il irait un jour étudier la vie des blanchons. Alors c'est vrai, parfois je me demande s'il n'est pas là-bas. Mais en réalité, je n'ai aucune idée de là où il peut être. Allez rentrons, une grosse journée nous attend et Ginka est déjà repartie, en voilà une qui n'en a rien à faire de nos états d'âme d'humains !

Mais Angora la retient en saisissant son bras.

— Fanny, attend, je veux juste te dire : vraiment, je crois que tu dois aller porter plainte pour l'incendie. Je sais que tu ne veux pas en parler, je sais que tu ne veux pas aller au commissariat, mais moi je pense que c'est important, tu peux pas laisser quelqu'un mettre le feu à tes ruches sans réagir, si tu n'y vas pas, moi j'irai. Tu veux que je t'accompagne ? Dis-moi si tu as besoin, je n'ai pas peur tu sais.

— Merci Angora, oui je sais que tu n'as pas peur. Laisse-moi encore réfléchir, mais ne t'inquiète pas, si je dois le faire j'irai seule.

Un dernier regard vers la baie de Saint-Suliac scintillante de soleil déclinant. Fanny caresse les sillons tracés par sa gourmette sous le tissu en coton de sa manche. Une sensation désagréable. Toujours la même. Mélange de peur, d'angoisse et de tristesse nauséeuse qui l'envahit alors qu'elle rejoint Angora déjà partie sur le sentier bordé de ronces annonçant une généreuse cueillette de mûres à prévoir dans quelques semaines. C'est à cela que se raccroche l'apicultrice pour essayer d'oublier son malaise naissant, aux mûres et à Ginka qui doit certainement l'attendre au bout du sentier comme elle le fait toujours.

— 14 —

Fanny est assise face au comptoir d'accueil en formica imitation marbre rose. Derrière la vitre de protection, un jeune policier s'occupe du standard téléphonique. Elle peine à déterminer s'il commence ou s'il finit sa journée de travail mais elle espère pour lui que la seconde option est la bonne. Il semble épuisé et n'a aucune patience. Ses mâchoires sont serrées, les poches noires et gonflées sous ses yeux d'un bleu délavé pourraient faire penser au regard d'un vieux husky en colère et sa voix est cassée à cause d'une gorge totalement asséchée. Fanny remarque d'ailleurs des points blanchâtres et disgracieux aux coins de ses lèvres gercées. Ce qui est certain c'est qu'il ne respire pas la santé et elle aurait presque envie de lui proposer une de ses pastilles au miel maison qu'elle a toujours dans son sac à dos. Il serait bien capable de mal le prendre, tendu comme il est. Elle éprouve une sorte de pitié désagréable pour ce jeune homme. Elle avait hésité à faire demi-tour un peu plus tôt au moment de lui indiquer la raison de sa présence et elle hésite encore. Si la personne qui va la recevoir est de la même espèce, elle n'arrivera pas à parler. Et puis, elle a toujours eu peur des uniformes, gilets pare-balles et pistolets menaçant dans le holster. Toute cette parure de justicier ne la rassure pas. Mais elle ne bouge pas, assise sur cette chaise en vieux plastique orangé. Pour occuper son esprit et ne pas fuir en courant, elle lit les dizaines d'affiches placardées face à elle sur un immense tableau de liège recouvrant une partie du mur en crépi couleur saumon. Le sol, lui, est en carrelage grand carreau blanc sale et fatigué par les milliers de chaussures venues traîner ici la tristesse et la colère, un carrelage froid et hostile pour accueillir la misère humaine. Sur les affiches, des conseils ressemblant davantage à des injonctions : « En cas de violence conjugale appelez TOUT DE SUITE le 3919 ! » « En cas d'agression sexuelle par un proche OSEZ en parler ! » « Enrôlement djihadiste AGISSEZ avant qu'il parte ! » « Vous n'avez pas de plan de carrière ? Rejoignez-nous ! »

Est-ce une si bonne idée se demande Fanny pendant qu'elle observe le visage décomposé du jeune policier de l'accueil. Elle regarde sa montre, 8 h 30. Une heure qu'elle attend. Si elle avait su que l'hôtel de police était ouvert jour et nuit, elle serait arrivée bien plus tôt encore puisqu'elle s'est réveillée dès 5 heures du matin sans pouvoir retrouver le sommeil, préparant mentalement sa déposition. Elle remarque que le hall si calme et silencieux à son arrivée se transforme petit à petit en fourmilière, voire en ruche bourdonnante. Le téléphone sonne sans discontinuer et les couloirs jusqu'à maintenant quasi déserts se peuplent de bleu marine et de mains menottées. En très peu de temps il est aisé de comprendre les relations hiérarchiques, grâce aux uniformes. Une ruche oui, pourquoi pas, mais si les couloirs deviennent bruyants, personne ne semble se bousculer à la tâche, ça parle fort, ça rit, ça engueule, mais sans trop se presser. Elle qui s'agace très vite de ce genre de comparaisons hâtives se demande pourquoi elle tombe dans ce travers ce matin. La fatigue peut-être, l'angoisse d'être dans ce lieu inhospitalier, la sensation d'être en danger dans ce hall froid et austère ? Un peu de tout cela certainement. Si personne ne vient la chercher d'ici dix minutes, elle partira, voilà sa résolution. Elle irait bien demander à l'accueil si elle n'a pas été oubliée mais c'est l'heure du relais. Le jeune policier épuisé va enfin pouvoir aller se reposer, remplacé par une femme aux cheveux blonds tirés en arrière dans une queue-de-cheval raide et parfaite sous sa casquette bleu marine floquée d'un POLICE blanc pour ne pas se méprendre sur son statut. Elle pose sa casquette sur le comptoir et boit une gorgée de son café comme pour se donner le courage de décrocher son premier appel de la journée qui sera suivi de centaines d'autres. Fanny abandonne alors l'idée de l'interpeller au moment même où elle remarque un homme en uniforme qui s'approche.

— Madame Lirécourt ? Fanny, c'est ça ?

— Oui c'est moi.

— Bonjour, je suis l'inspecteur Ribori, je vais enregistrer votre plainte. Vous me suivez s'il vous plaît ?

Fanny emboîte le pas à ce policier en pull bleu marine, pantalon commando et rangers noires. Son regard est engageant quoique légèrement absent et son sourire est passablement accueillant. Elle se sent un peu plus rassurée et entre dans son bureau tout aussi chaleureux que le hall d'accueil. Il prend place derrière un ordinateur obsolète, écran plat mais épais et clavier n'ayant pas encore bénéficié de l'ergonomie moderne. Il lui indique l'une des deux chaises face à lui. Fanny s'assoit au bord de l'une d'elles, prête à décamper à tout moment. Le policier prend le temps de la regarder en détail puis commence l'entretien avec des questions d'identité basiques.

— Donc si je comprends bien vous êtes capable de lire et de courir en même temps ?

— Pardon ?

— Lirécourt, lire et courir… Non, oui, bien sûr oubliez ça, on a dû vous la faire des tonnes de fois. C'était juste pour vous détendre un peu mais revenons à votre problème. Vous souhaitez porter plainte ou déposer une main courante ?

— Je ne sais pas. Je ne connais pas la différence.

— Une plainte, vous voyez, je suppose que j'ai pas besoin de vous expliquer et une main courante c'est surtout pour nous signaler un fait qui vous paraît suffisamment grave ou important pour que nous prenions note sans pour cela engager une procédure de recherche ni de poursuite envers le ou les individus que vous mettez en cause.

— Je pense alors que je dois faire les deux. Une plainte pour l'incendie de mes ruches et une main courante concernant une forte intuition.

L'inspecteur lève un sourcil et se détache de son écran, il recule dans le fond de son siège au tissu déchiré, coudes calés, mains en triangle sous le menton.

— Ah oui mais là vous comprenez bien qu'une intuition ne va pas suffire, on ne va pas noter toutes les intuitions de toutes les femmes qui en ont. Bon parce que c'est très féminin une intuition on est d'accord, non ? Je ne dis pas que les intuitions sont toujours fausses mais quand même, on a un peu de travail vous savez à l'hôtel de police.

Effectivement, Fanny réalise que l'intuition n'est pas toujours bonne conseillère puisqu'il lui avait paru que cet homme-là serait davantage à l'écoute que le jeune garçon de l'accueil. Est-ce une fatalité ? Est-ce que tous les hommes qui revêtent l'uniforme bleu marine deviennent obligatoirement des clones, perdent-ils tous leur discernement ? Le manque de moyens ? La machine qui broie ? Le moule dans lequel on vous fait entrer ? La peur de la moquerie si la bienveillance est sa qualité première ?

— Madame Lirécourt ? Vous êtes avec moi ? Reprenons, c'est une intuition ou un fait répréhensible par la loi votre histoire ? Je vous laisse une chance mais activez-vous un peu, je n'ai pas toute la matinée.

— Oui moi non plus en fait, j'ai du travail. Fanny se lève et attrape son sac à dos à la volée avant de se diriger vers la porte du bureau.

— Opopop ! Non non, ne partez pas comme ça ! Même si vous changez d'avis, vous devez me signer une décharge, revenez vous asseoir je vous prie. Et puis cette histoire de ruche là, ça m'intéresse, cet incendie criminel, prenez au moins le temps de déposer cette plainte, pour l'intuition, s'il nous reste du temps, je vous écouterai aussi. Là, voilà, asseyez-vous et reprenons.

Ribori se penche à nouveau vers son écran, les mains sur le clavier, dans les starting-blocks pour démarrer la rédaction de la plainte. Il attend, sans la regarder. Tactique pour délier les langues ou indifférence totale, difficile de savoir. Le regard noir, Fanny sent la colère monter et cela l'aide pour démarrer son récit. Elle lui expose les faits, rien que les faits puisque l'imagination de cet homme-là ne semble pas très nourrie. Elle fulmine intérieurement tout en relatant le feu dans les ruches, les pompiers qui lui ont conseillé de porter plainte à cause de l'odeur d'essence, leur certitude d'un acte malveillant. C'est avec une rage contenue qu'elle décrit les abeilles calcinées et la récolte perdue. Sans reprendre son souffle, elle poursuit en évoquant d'une voix froide et monocorde son intuition, celle d'une possible malveillance qui dépasserait le cadre de son activité d'apicultrice. L'inspecteur note scrupuleusement tous les faits exposés par Fanny, la faisant parfois répéter lorsqu'elle parle trop vite. Il s'arrête lorsqu'elle enchaîne sur son intuition. Il n'écrit plus mais semble tout de même à l'écoute. Son attitude a changé, Fanny ne saurait trop dire en quoi mais il a baissé un peu la garde, il lâche son rôle de cow-boy.

— Alors, vous me croyez ? Enfin je veux dire, mon intuition c'est du sérieux non ?

— Oui absolument. Pour ce qui est du feu, nous allons mener l'enquête, d'autant que les pompiers ont corroboré qu'on avait affaire à un incendie déclenché par un individu malveillant. Pour le reste, nous devons procéder avec ordre, logique et efficacité, jamais sur une intuition. Bien sûr nous prendrons en compte vos soupçons mais ce ne sont pas des preuves. Par contre si vous l'acceptez, j'aimerais que vous répétiez cette histoire à un collègue d'un autre service. Il va lui aussi enregistrer votre main courante, ça fera doublon mais dans ce cas précis, mieux vaut aller taper directement à la bonne porte si vous voyez ce que je veux dire. Si vous êtes d'accord, je l'appelle pour voir s'il peut vous recevoir de suite. O.K. ?

— D'accord, si ce n'est pas trop long. Ça fait deux heures que je suis là et j'ai beaucoup de travail, les abeilles n'en ont rien à faire de nos histoires et c'est la pleine période de récolte du miel en ce moment.

— Vous inquiétez pas, on va essayer de vous avoir un rendez-vous dans la foulée sinon vous reviendrez. C'est quand même du sérieux cette affaire.

Après un regard résolu vers Fanny, le policier décroche le combiné de son vieux téléphone filaire.

— Oui… Allô Marsec ? Oui c'est Ribori. Oui… Dis, tu peux m'enregistrer une main courante là tout de suite, ça concerne plutôt ton secteur et la dame est pressée ? Oui, O.K. je te l'envoie de suite ? O.K. O.K. ça marche, merci Marsec, j'te r'vaudrai ça, ouais O.K. O.K., à plus tard.

— Quand commencerez-vous l'enquête pour mes ruches ?

— Oh, ça. Faut pas être trop pressée parce qu'on a une bonne pile de dossiers en ce moment, des cambriolages surtout. Mais je vous tiendrai informée. Vous en faites pas trop, hein, ça ne va jamais plus loin les histoires de territoire ou de rivalité dans le monde agricole. Vous ne craigniez rien, continuez votre petit bonhomme de chemin, hein comme on dit ! Je vous accompagne dans le service de mon collègue Marsec, suivez-moi. Et juste pour l'anecdote, vous savez que nous aussi on produit du miel ? Là-haut sur le toit on a des ruches et je fais partie du collectif de policiers-apiculteurs alors vous pensez, votre histoire là ça me chiffonne, on va pas en rester là, je vous le dis moi.

« Ah ! » est le seul mot que Fanny s'entend répondre. Légèrement interloquée par ce qu'elle vient d'entendre. Du miel de police, pourquoi pas, tout le monde se met à faire du miel… Mais savoir que c'est la seule raison pour laquelle son histoire a été prise au sérieux la laisse songeuse. Elle se reprend en posant quelques questions d'apiculture basique histoire de rester polie. Elle lui serre la main sans chaleur et entre dans le bureau du collègue.

Après avoir répété le récit de l'incendie et de son intuition, Fanny sort enfin de l'hôtel de police. Elle se retourne sur ce bâtiment au style soviétique d'après-guerre, tentant d'apercevoir les ruches sur le toit plat de cet immeuble austère. Elle ne peut s'empêcher de penser que les abeilles du canal doivent être bien plus heureuses dans leur butinage tout en se rendant compte de son mépris et de son irritation, fruit de sa fatigue et de son anxiété relâchée. La parole déliée n'est pas vraiment libératrice face à deux hommes en uniforme.

Elle se dépêche maintenant de rejoindre sa camionnette, un travail titanesque l'attend aujourd'hui. Son téléphone vibre.

— Angora bonjour, désolée j'arrive. J'étais au commissariat. Oui je me suis décidée. Je te raconterai. Je sais pas si on peut dire que ça s'est bien passé mais c'est fait en tout cas. Tu es chez Suzanne là ? O.K. tu commences à charger les hausses ? D'accord, fais attention à ton dos, j'arrive dès que je peux, j'espère juste que je ne vais pas me retrouver coincée pour sortir du centre-ville, c'est la mauvaise heure. Je fais au plus vite. À tout de suite, merci Angora. Si si, merci.

Fanny ouvre sa portière tout en raccrochant. Cette sensation acide et gluante, qui revient encore, toujours à l'improviste, sans logique. Une boule serrée dans la gorge, un frisson dans le ventre, le genre de frisson froid et poisseux, les mains qui deviennent moites. Elle s'installe au volant et regarde dans son rétroviseur extérieur, machinalement, comme pour vérifier que personne ne la suit ou ne l'observe. Elle démarre et expire bruyamment. Ginka apparaît alors, la tête entre les deux sièges avant, émergeant d'une sieste matinale imposée à l'arrière du camion sur sa vieille couverture écossaise. Langue pendante et souffle haletant tranquillement, elle regarde la route droit devant, fière et sereine.

— 15 —

La blancheur domine le paysage de cette fin d'après-midi. Les marguerites sauvages recouvrant les berges du canal, la lune croissante éclairée généreusement par un soleil qui se couche de plus en plus tard, le sentier de halage éclairci par la poussière d'une terre devenue sableuse par manque de pluie, tout est blanc. C'est à pied que Pascal rejoint le restaurant. Il traverse le pont au-dessus des portes busquées de l'écluse et remarque instantanément l'ambiance festive qui anime le repaire de Suzanne. Il reconnaît les goûts britanniques de la propriétaire. Débordement de flonflons et de guirlandes lumineuses décorant la façade et parsemant de points multicolores le tilleul centenaire qui ombrage la terrasse, fleurs de tournesols coupées, bougies dorées allumées sur chaque table extérieure et, apothéose suprême, un joueur de cornemuse posté à droite de l'entrée irradiant les oreilles de chaque invité présentant son carton d'invitation. Il est évident que le musicien a reçu des consignes sur le volume sonore de ses notes mais une cornemuse reste un instrument de torture pour certains, et ça, Suzanne ne l'admettra jamais. Cet accueil a au moins le mérite de bousculer les habitudes locales et de provoquer l'hilarité ou la solennité des invités selon leur degré de sensibilité celtique. Désuétude et grandiloquence, charme et emphase pour un moment convivial, il n'en attendait pas moins de la patronne. Pascal tend fièrement son carton d'invitation à Nicolas, l'athlétique serveur mal à l'aise dans sa nouvelle fonction imposée à moins que son air déconfit ne soit le résultat des accords stridents de son compagnon d'accueil. Dès l'entrée du restaurant, Pascal tombe nez à nez avec un groupe de jeunes techniciens de la Péniche Spectacle. Poignées de main chaleureuses, début de discussion joviale, il les connaît bien tous ces jeunes puisque son fils passait ses journées avec eux avant de partir pour l'Australie. Luka avait d'ailleurs envisagé la possibilité de devenir ingénieur du son, peut-être parce que la péniche était devenue sa seconde maison lorsque ses parents étaient trop occupés à divorcer.

Malgré la nervosité gagnant petit à petit chaque grain de sa peau d'amoureux, Pascal se réjouit de voir la joie de tous ces gens réunis pour célébrer le travail de Fanny. Un certain plaisir orgueilleux lui fait relever les épaules puis le menton et il décide de se faufiler entre les groupes hilares afin de mieux repérer le tableau arbre qu'il a réservé. Il capte au passage certaines discussions enthousiastes, d'autres sceptiques voire désagréables, son cœur bondissant à chaque évocation de l'apicultrice. Il décide alors de se concentrer sur les tableaux sans prêter attention aux bavardages qui l'entourent. Le premier, le plus imposant, doit mesurer deux mètres sur deux, suspendu à l'horizontal au plafond au-dessus de l'allée centrale, il est impressionnant dans ses détails de cercles noir et rouge, comme des cellules imbriquées qui semblent vouloir s'éjecter de la toile, effet de profondeur obtenu grâce aux contours de traits fins qui forment comme un labyrinthe encerclant les cellules. Pascal est hypnotisé et seules ses cervicales douloureuses lui imposent de reprendre sa déambulation. Un peu plus loin, sur un deuxième tableau apparaît le bois de cœur d'un tronc d'arbre, enfin c'est ce que Pascal se plaît à imaginer car d'autres pourraient également y voir une forme totalement abstraite. Le suivant représente clairement une femme enceinte et Pascal se demande si Fanny guide ses taches ou si c'est le seul fruit du hasard. Il faudra qu'il lui pose la question. Il s'arrête ensuite un long moment devant une série de cinq petits formats qui lui font penser au test de Rorschach, il se souvient très bien de ce test utilisé par le vieux psychiatre qu'il avait consulté après le suicide de son voisin Daniel. De retour chez lui après la séance, il avait décidé de ne plus jamais remettre les pieds chez ce psy et avait fait des recherches sur ce fameux test. C'était quand même un peu fou de fonder une analyse sur l'interprétation de taches comme il en dessinait gamin avec de la peinture à l'eau. Ça et les rosaces, il en produisait une quantité impressionnante dans l'arrière-boutique de la boulangerie familiale, attendant patiemment que sa mère ferme le rideau à 19 heures. Pascal se mord la lèvre, ne serait-il pas sur le point de tomber dans le piège de la comparaison facile entre le travail d'une artiste et le passe-temps d'un enfant ? Mais il y a bien autre chose dans la peinture de Fanny sans qu'il sache expliquer quoi. Ce dont il est certain c'est que toute son œuvre évoque le monde vivant, il y a quelque chose d'organique dans ses peintures, le végétal, l'animal, l'humain, c'est tout cela qu'elle représente avec ses taches. Comme celui-ci par exemple qui lui fait penser à des vaisseaux sanguins ou peut-être plutôt à des racines d'arbre gorgées de sève. Il a la sensation qu'elle impose au public l'idée que nous faisons partie d'un tout, nous ne formons qu'une seule et même entité et nous sommes totalement reliés et interdépendants. Et puis, enfin le voilà, trônant seul au-dessus de la table du fond sur laquelle Fanny écrit parfois en fin de journée, il apparaît, cet arbre majestueux et mystérieux. Un immense chêne solitaire, dernier rescapé d'une terre désolée, poignant dans sa grandeur et sa force. Pascal s'approche et remarque avec un plaisir presque charnel que la pastille est bien visible, preuve que Fanny a pensé à lui et n'a pas oublié sa promesse. Une tape sèche sur l'épaule vient stopper sa contemplation béate, il se retourne pour faire face à son ancien voisin Marcel accompagné de sa femme, chapeautée et maquillée pour l'occasion. Pascal, heureux de les voir, prend Marianne dans ses bras.

— Marianne, très élégante, la taquine-t-il en l'embrassant chaleureusement.

— Merci Pascal, pas mal non plus ton trente-et-un cher ancien voisin.

— Eh oui, toujours aussi coquette ma femme ! intervient Marcel. Et puis c'est une sacrée occasion, c'est pas tous les jours qu'on fête une artiste par chez nous ! Alors t'en dis quoi de toutes ces œuvres ? Elle est douée notre apicultrice non ?

— Oui ça me plaît. C'est tout ce que je peux te dire ! Par contre Marcel, ne compte pas sur moi pour que je te fasse une visite guidée avec explications et références, j'y connais rien à la peinture.

— Je t'avoue que moi non plus. Par contre je ne pourrais pas te dire pourquoi mais ça me parle, certains tableaux m'inspirent ! Tiens comme l'arbre là-bas, bien vu non ? Et puis on dirait un essaim d'abeilles qui décolle et qui s'est transformé en arbre, tout un symbole !

— Arrête donc Marcel, gronde Marianne. Tu vois des abeilles partout en ce moment c'est fatigant à la fin. C'est vrai Pascal, on ne peut pas faire une balade sans qu'il veuille faire un tour au rucher de Fanny, on ne peut pas discuter avec des amis sans qu'il fasse dériver la discussion sur ses chères butineuses. Je crois bien que mon mari est en manque !

— Une vie de rucher ça doit pas s'oublier facilement, tempère Pascal, en souriant à Marianne. Je suis assez d'accord avec toi Marcel au sujet de l'arbre mais tu l'auras pas, regarde bien, tu vois la pastille là, ça veut dire « réservé » et il est pour moi.

— Mais c'est qu'il est fier avec ça, dis donc je vois que certains sont privilégiés. Allez viens Marcel, on va essayer de trouver notre artiste, annonce Marianne en attrapant le bras de son mari sans oublier le clin d'œil malicieux adressé à un Pascal rougissant d'avoir été si facilement démasqué.

Il se demande lui aussi où peut bien être Fanny, besoin soudain de voir son visage pour calmer son cœur battant trop fort et ses mains agitées.

Là, à côté du bar, elle se tient debout près de Suzanne. Elle semble mal à l'aise dans sa robe noire et ses vieilles baskets de toile blanche. Il la trouve irrésistible dans sa discrétion revêche, dans sa manière de toujours vouloir détourner les regards qui se posent sur elle, parce qu'elle n'y peut rien, elle est attirante, magnétique, et la beauté n'a rien à voir dans cette histoire, non c'est une sorte d'alchimie, de style sans vouloir en avoir, de présence, de manière d'être. Pascal ne sait pas ce qui interdit Fanny d'assumer l'attrait qu'elle provoque chez les autres, mais lui n'est pas attiré, non, il est chaviré, captivé, totalement séduit. Il aime sa beauté sans artifice, une simplicité charmante, voilà peut-être ce qu'il dirait de Fanny à un ami qui le questionnerait. Fanny frotte maintenant ses mains, bascule d'un pied sur l'autre, maladroite dans ce rôle de l'artiste célébrée. Suzanne lui murmure quelques mots à l'oreille et elle acquiesce nerveusement. La patronne du restaurant attrape alors une petite cloche toujours posée sur le comptoir du bar près de la caisse. Elle la fait retentir énergiquement et longtemps avant d'amener le silence autour d'elle.

— Bonsoir à tous ! S'il vous plaît ! S'il vous plaît ! Bon, on est bien sûr ravies de vous voir si nombreux ce soir, enfin moi en tout cas je suis ravie, Fanny c'est très intérieur mais je suis sûre qu'elle l'est aussi ! J'ai eu l'idée de cette exposition pour plusieurs raisons. La première c'est que j'aime son travail et je ne parle pas de son miel.

Exclamation générale, sourires et pouces levés. Fanny rougit.

— ... Vous l'avez compris, je parle bien sûr de ses peintures ! La deuxième raison c'est que j'ai trouvé une bonne excuse pour organiser une fête !

Deuxième exclamation, applaudissements et sifflets joyeux.

— ... Et la troisième raison c'est la solidarité entre voisins. Comme vous le savez peut-être, Fanny a perdu la moitié de ses ruches la semaine dernière. L'incendie criminel...

Sifflets réprobateurs.

— … l'incendie criminel a détruit une grande partie de son rucher. On ne va pas pouvoir consoler pleinement Fanny de cette perte, même si notre bonne humeur va lui faire du bien j'en suis sûre…

Sourire de Fanny.

— … alors la vente de ses peintures lors de ce vernissage lui permettra peut-être de racheter autant de ruches perdues et compenser un peu les pertes de production de miel. Merci à tous d'être venus si nombreux et un grand merci aussi à mon amie d'avoir accepté cette séance de torture.

Liesse générale, sifflets, applaudissements, la cinquantaine de personnes présente est turbulente et bruyante et commence à réclamer un discours de l'artiste. Celle-ci dit non de la tête, son sourire laisse entrevoir une sorte de panique. Les discours, Fanny ne sait pas faire.

C'est Angora qui vient la sauver de cette mauvaise passe en lui apportant un bouquet de fleurs sous les applaudissements redoublés.

— Et maintenant, ils sont jeunes ! Ils sont beaux ! Ils sont *dark* et doux à la fois ! Merci d'accueillir tout de suite nos amis tout droits venus de Rennes ! Je vous présente Les Black Turtles. *Please Enjoy !*

Pascal s'arme de courage et s'avance vers Fanny mais une journaliste a été plus rapide que lui. Il détourne alors son avancée vers le groupe composé de Jacqueline, la veuve de Daniel, Catherine la brasseuse et Louise l'horticultrice en pleine discussion légèrement tendue avec Marc. Pascal trinque avec eux et se poste face à Fanny afin de pouvoir l'observer. Il la voit se prêter de mauvaise grâce à la photo de l'artiste devant sa toile qui illustrera l'article. Suzanne est maintenant appelée à poser auprès de son amie et Pascal est bouleversé de voir combien l'exercice est un supplice pour l'apicultrice, mal à l'aise derrière son sourire de façade. Les voilà maintenant de retour vers le bar afin que la journaliste puisse prendre en note ses réponses. Elles se sont installées dans le dos de Pascal qui tend l'oreille. Comme à son habitude, Marc parle fort et Pascal ne peut suivre la conversation entre la journaliste et Fanny. Il faudra attendre que l'éleveur se décide enfin à quitter le groupe, tentant une approche à peine masquée vers Suzanne en lui proposant de l'aide pour servir les coupes de champagne. Pascal capte alors une question de la journaliste portant sur la création artistique. Après quelques secondes d'hésitation, Fanny se lance dans une analyse qui ne fait que subjuguer un Pascal déjà conquis.

— Ça m'aide à vivre, c'est tout ce je sais. Une méditation… Oui, c'est une sorte de méditation, je ne sais pas où je vais en commençant une toile. Je n'intellectualise pas mais je sais aussi que la représentation finale de mes taches est parfois politique, elle est aussi ce que les autres voudront y voir. Je pense qu'une peinture n'existe pas seulement par la main de la personne qui peint, c'est le regard de celle ou celui qui la regarde qui la fait vivre. Cet arbre par exemple, je pense qu'il est né de mes marches quotidiennes dans la nature, cette tache aurait peut-être fini en représentation de la Vierge Marie si les églises étaient mon refuge ! Ce que je veux dire c'est que bien sûr, tout est politique, tout est poésie, tout est message. Au moment où je crée, mes influences parlent peut-être mais c'est surtout mon inconscient qui agit.

— Et comprenez-vous la critique fréquente du « ah mais moi aussi je serais capable de faire ça » ?

— Oui, je suppose que tout le monde est capable de faire la même chose que moi mais là on aborde un autre sujet et je ne suis pas sûre d'être à la hauteur pour vous répondre. En tout cas j'ai envie de dire : allez-y, faites-vous plaisir, l'art est démocratique, rien n'empêche personne de créer, foncez ! Et puis attention, je ne suis pas une artiste, une amie expose mes toiles, point.

— Vous êtes donc une artiste du dimanche ?

— Si vous souhaitez me mettre dans une case oui, celle-ci me convient. Vous me prenez au dépourvu, tout comme cette exposition organisée par Suzanne d'ailleurs. Je peins pour moi d'abord et je ne me considère pas comme une artiste alors je ne suis pas vraiment préparée à vos questions. Si Suzanne ne me l'avait pas demandé, je n'aurais en aucun cas fait la démarche de montrer mon travail. Ma seule certitude c'est que ces taches d'encre me parlent, elles touchent en moi des sphères enfouies, elles me communiquent parfois mes états émotionnels, mes préoccupations, c'est tout ce que je peux vous dire. Je me suis aperçue également que mon travail créatif est totalement relié à mon activité d'éleveuse de reines. Je travaille avec le même matériel et la même concentration et les deux m'aident à fuir les idées noires.

— Ah et pouvez-vous nous en dire davantage sur ces idées noires ?

— Maintenant est venu le temps de faire la fête, vous ne pensez pas ?

La journaliste, frustrée, renonce toutefois à insister puisque Suzanne entraîne maintenant son amie vers le groupe de musiciens en remerciant chaleureusement la journaliste ayant eu la gentillesse de se déplacer pour l'événement.

Pascal ressent un lien si profond avec cette femme. Ce n'est pas seulement son visage, ses gestes, son regard, ce sont aussi ses idées et ses idéaux qu'il a envie d'embrasser totalement, c'est toute cette femme dans son entièreté qu'il voudrait atteindre, il voudrait qu'elle le regarde, qu'elle s'approche, qu'elle fasse le pas vers lui dont il a tellement besoin. Il est amoureux et il le sait à la sensation extrême qu'il ressent au niveau de sa gorge mais aussi dans tout son corps devenu cotonneux. Elle ne semble pas l'avoir remarqué ni cherché ce soir, et bien sûr il est déçu. Il s'approche alors lui aussi du public profitant du concert intimiste et continue à l'observer par intermittence. Sensation qu'elle n'est pas vraiment là avec eux, qu'elle n'écoute pas vraiment les musiciens derrière son sourire de composition et c'est au moment où il se dit cela qu'elle se retourne vers lui. Pour la première fois de la soirée. Elle se retourne une seconde fois et son regard intense entraîne Pascal dans un abîme de sensations délicieuses. Ils sont seuls dans cette salle débordante d'invités, le décor devient flou, seuls les yeux de Fanny restent nets et perçants. Elle déglutit difficilement et se retourne doucement vers le groupe. La pièce retrouve sa couleur normale mais Pascal sait. Il a vu dans ce regard le début de leur histoire naissante. Besoin de rafraîchir sa gorge en feu. Il se dirige alors vers le bar où attendent encore des dizaines de coupes de champagne. Il en boit une première sans reprendre son souffle. L'alcool ne vient pas éteindre la chaleur qu'il éprouve dans tout son corps. Un second verre. Rien. Peut-être devrait-il aller plonger dans le canal ?

L'image de ce plongeon tout habillé le fait sourire et le champagne coule aux coins de ses lèvres quand il sent une main se poser entre ses omoplates. Il se retourne et elle est là devant lui, le regard maintenant rieur et malicieux.

— On peut savoir ce qui te fait rire comme ça tout seul ?

— C'est… c'est juste que j'ai chaud et que ce champagne ne me rafraîchit pas du tout alors je pensais à un plongeon dans le canal.

— Je voulais te dire Pascal… merci pour ton message. Alors comme ça toi aussi tu aimes Bashung ?

— Oui depuis qu'Angora a débarqué je me suis remis à l'écouter.

— C'est drôle moi aussi, pas très originaux les plus de quarante ans on dirait.

Elle attrape à la volée la coupe de champagne des mains de Pascal et commence à la boire en repartant vers la scène musicale, jeu de séduction à distance, regards insistants, frissons et envie.

Le concert terminé, encouragé par les regards complices de Fanny, Pascal se lance à sa recherche. Le restaurant n'est pas très grand et il l'aperçoit rapidement. Elle discute avec Angora, assises toutes les deux à une table près de la sortie. Il marche vers elles ou plutôt slalome entre les gens du public agglutinés en petits groupes joyeux et agités.

— Ah Pascal, viens, assieds-toi cinq minutes avec nous. On discutait avec Fanny de mon idée d'ouvrir une coopérative bio sur une péniche, un peu comme la Péniche Spectacle mais pour vendre nos produits locaux et bio, tu en penses quoi toi, tu serais partant ?

— Ouh là mais tu ne t'arrêtes jamais toi ! Tu m'en reparles un autre jour O.K. parce que là j'avoue qu'il est un peu tard pour cette discussion sérieuse les filles et puis je crois que j'ai bu un peu trop de champagne pour ce soir, je devrais rentrer. Je n'ai pas l'habitude de tout ce luxe et ce débordement de joie moi !

Sans hésiter, Fanny se lève.

— Je suis fatiguée moi aussi, on peut faire le chemin ensemble si tu veux.

Le visage d'Angora s'éclaire car elle comprend ce qui se joue alors sous ses yeux et elle en est ravie.

Fanny se dirige vers Suzanne qu'elle serre longuement dans ses bras. Celle-ci ne semble pas prête à la laisser partir si vite mais un signe d'Angora derrière le dos de Fanny convainc la patronne du bar qu'il est temps de la libérer. Côte à côte et immobiles, les deux amies de l'apicultrice observent alors avec le même sourire aux lèvres Pascal tenant la porte et mimant l'homme galant d'un autre siècle. Elles ne les quittent pas des yeux jusqu'à ce qu'ils passent le pont de l'écluse l'un derrière l'autre, se dirigeant à pied vers leurs maisons voisines.

Fanny et Pascal marchent dans un silence gêné, s'enfonçant dans la nuit claire et la brume s'élevant au-dessus du canal. Seule la musique du restaurant en fond sonore donne aux bords du canal un air estival charmant. Les deux voisins respirent profondément l'un et l'autre, comme aspirant de pleines bouffées de sérénité ou de courage. La hulotte du canal, baptisée ainsi par Suzanne, hulule à leur passage. Sourire partagé tant il semblerait qu'elle leur offre un bonsoir poli alors que bien sûr il s'agit plutôt de signaler leur présence comme une intrusion dans son monde nocturne. Fanny se dit qu'elle n'a jamais aimé autant un lieu. C'est ça l'idée d'appartenance, faire partie d'une communauté, avoir des racines, elle le comprend seulement aujourd'hui. Mais sans Diego, à quoi bon ? Un silence embarrassé accompagne maintenant leurs pas, tout occupés qu'ils sont à marcher en effleurant timidement leurs mains. Pascal ose alors attraper un doigt de Fanny avec son index, geste maladroit qu'elle ne repousse pas. Nouvelle déglutition difficile, Pascal sourit de bonheur mais aussi de surprise de jouer à nouveau les adolescents transis à son âge. Il voudrait lui poser tant de questions qu'il ne sait par où commencer.

— Tu es sûre, tu ne voulais pas rester ? C'était ta soirée quand même !

— Non, j'étais tellement mal à l'aise, j'ai fait ma part je crois non ? Et puis si j'étais restée je sais que j'aurais commencé à boire plus que de raison, puis danser et me ridiculiser totalement auprès de tout le voisinage. Je t'assure c'est mieux que je rentre. Et puis Ginka est à la maison, je n'ai pas envie de la laisser trop longtemps toute seule, elle n'a pas l'habitude.

— Fanny, je peux te poser une question ?

— Essaie toujours.

— Pourquoi tu manques autant de confiance en toi ? Comme il le redoutait Fanny enlève son doigt emmêlé au sien et son visage se ferme.

— Elle est un peu directe ta question. Je ne sais pas moi, on naît comme ça je pense, non ?

— Non pas du tout et je suis sûr que tu le sais autant que moi. Encore une manière adroite de détourner une conversation qui te concerne de trop près, la taquine-t-il.

— O.K. tu as raison oui je le sais un peu, bien sûr, répond Fanny en enfilant sa veste qu'elle avait attachée autour de sa taille en partant du bar de l'Écluse.

— Je sais pas moi, un père autoritaire, une mère étouffante, une grande sœur jalouse qui t'a fait vivre un enfer, une tante aigrie qui te répète depuis gamine que t'es moche et débile ?

— Mais dis donc tu es fin psychologue toi, répond Fanny en simulant un coup de poing dans le bras de Pascal.

Mains dans les cheveux, puis dans les poches, Pascal reprend ses habitudes d'amoureux timoré et regarde à nouveau ses pieds, il sait qu'il a fait fausse route en lui posant une question si personnelle. Réalisant qu'elle devient légèrement blessante avec cet homme qui lui montre un intérêt sincère, Fanny se reprend.

— O.K. j'arrête. Mais en fait, non mes parents ne sont pas du tout responsables de ce manque de confiance, au contraire. J'ai été une enfant unique, choyée et heureuse. Sincèrement j'ai beau réfléchir, aucune ombre au tableau, pas de drames, de coups durs, de cris domestiques, rien. Une enfance heureuse et calme. Des parents qui s'aimaient, qui n'hésitaient pas à le montrer et qui me répétaient souvent que j'étais très spéciale à leurs yeux et que je pourrai accomplir tous mes rêves, bref des bases solides et encourageantes. Ma mère était même fatigante de positivité, c'est la seule chose qu'on pouvait peut-être lui reprocher.

— Était ?

— Oui j'ai perdu mes parents il y a une vingtaine d'années.

Pascal s'arrête, sincèrement attristé par la nouvelle.

— Tous les deux, en même temps ?

— Oui, dans un accident de voiture. L'apicultrice tourne son visage vers le canal, serpent noir sinueux et lumineux grâce au miroitement de la lune. Le tragiquement banal accident. Retour de réveillon du Nouvel An, route de campagne normande légèrement brumeuse, un jeune automobiliste éméché roulant trop vite, virage, percussion des deux véhicules, mes parents sont morts sur le coup.

— Oh Fanny, je n'aurais pas dû te faire parler de tout ça, ce n'est pas le bon soir en plus, se désole Pascal en lui effleurant le dos.

— Non ne t'inquiète pas. Ça a été dur, très dur mais aujourd'hui je peux en parler. J'avais une vingtaine d'années mais je ne vivais plus chez eux. A suivi une période de vide intense, je finissais mon école d'infirmière avec un mal-être que je n'avais jamais connu auparavant, un peu perdue quoi, plus de repères, pas vraiment de famille pour compenser le manque. C'est à ce moment que j'ai rencontré le père de mon fils. J'ai eu la sensation d'oublier le gris de mon quotidien avec lui, enfin au début de notre histoire, il était comme un tourbillon de vie et de joie, on riait beaucoup et je ne pouvais plus me passer de lui. Ensuite mon fils est né et ce qui est le plus difficile je crois c'est d'accepter qu'il n'aura pas eu la chance de connaître ses grands-parents charmants et terriblement aimants. Ils avaient encore beaucoup de choses à vivre, cette sensation qu'ils ont été fauchés en quelques secondes est horrible c'est vrai. Le jeune automobiliste, lui, a survécu après de longs mois dans le coma et je sais parfaitement ce que ma mère aurait dit dans une histoire pareille. C'est bien comme ça, nous on a vécu, lui il avait encore du bonheur à vivre. Elle était vraiment comme ça ma mère et ça avait le don de m'agacer prodigieusement.

— Un fils… Alors tu as un fils ?

C'est à Fanny maintenant de regarder ses pieds, elle ne voulait pas dévoiler sa vie mais elle s'est laissée aller à parler sans retenue et il est trop tard pour revenir en arrière.

— Oui Pascal, j'ai un fils qui est maintenant un jeune adulte. Et pour répondre à ta question sur la confiance en soi, eh bien je pense qu'elle a été largement abîmée par le père de cet enfant.

Elle s'arrête et retient Pascal par le bras.

— Pascal, la chanson de Bashung. Tu sais certaines choses de ma vie ?

— Non Fanny je ne sais rien de toi, seulement ce que je vois et ce que je sens. Pourquoi cette question ?

— Parce qu'elle commence par « si tu veux je peux t'aider ça m'a l'air un peu lourd à porter », je ne sais pas… je me suis dit que tu savais.

— Je ne sais rien Fanny, mais je devine que tu reviens de loin, ça c'est une évidence et je voulais que tu saches à quel point à deux la vie semble parfois plus légère.

Fanny enfonce les mains dans les poches de sa veste et ralentit sa marche comme absorbée par les pensées qui l'assaillent.

— Les racines, Pascal, c'est à un enfant qu'on les transmet, c'est avec un enfant qu'on les partage. J'ai l'horrible sensation de n'avoir créé aucune racine à laquelle mon fils aurait pu s'accrocher. Je me rends compte aujourd'hui que j'ai enfin trouvé le lieu où je veux vivre, où je m'épanouis, des amis fantastiques, une nature enchanteresse, mais il est trop tard. Il est parti.

— Parti, que veux-tu dire ? Mon fils aussi est parti loin, il est en Australie mais je ne vois pas… Tu n'as jamais parlé de ton fils.

— Diego, mon fils Diego a disparu il y a cinq ans.

Ils sont maintenant arrivés au bout du chemin menant à la ferme de Fanny. Face à face, elle raconte et Pascal écoute et tout s'éclaire soudain. Il comprend mieux le mystère autour de sa voisine, ses réactions à la fois craintives et frondeuses mais surtout la distance qu'elle impose à chaque nouvelle rencontre. Fanny termine enfin par la description de l'homme tyrannique qu'elle avait un jour aimé, elle décrit sa peur des hommes et surtout bien sûr sa méfiance parce que « violence destructrice » n'est pas inscrit sur le front de chaque être humain qu'on rencontre.

— Je déteste, je hais ce rôle de victime que le père de Diego me fait porter, encore aujourd'hui, comme marquée au fer de la peur.

Les larmes aux yeux, ouvrir ses bras est la seule chose que Pascal trouve en réponse. Aucun mot, il le sait, ne viendra la réconforter, une promesse serait totalement déplacée. Il n'a que son attirance infinie, son admiration pour la force de cette femme, son amour naissant de tout ce qu'elle représente, il n'a que cela à lui proposer. Fanny accepte les bras dans lesquels elle se blottit. Elle pose sa tête sur le torse de Pascal, puis la relève et passe sa main dans ses cheveux blonds tout en plongeant son regard dans le sien. Son doigt glisse sur sa tempe, le long de sa joue sur sa barbe naissante, puis vers ses lèvres entre-ouvertes. Sur la pointe des pieds, elle approche alors son visage, leurs lèvres se touchent pour la seconde fois. Et dans un souffle, elle lui confirme que oui, seule c'est trop lourd à porter.

— Es-tu patient Pascal ?

— Non pas du tout mais pour toi je le serai.

Elle l'embrasse alors avec fougue et ses larmes se mêlent à leur salive. Tout en l'embrassant, en le mordant et en prenant ses cheveux blonds à pleine main, elle lui demande de ne pas lui en vouloir. Elle le repousse alors doucement mais avec fermeté et Pascal comprend que c'est tout ce qu'elle peut lui donner. Dans un sourire ému, il prend le visage de Fanny entre ses mains gigantesques et la regarde sans un mot, comme s'il photographiait mentalement son charme fou et la puissance charnelle de ses gestes dont elle n'a absolument pas conscience. Elle finit alors par embrasser la main qui lui caresse la joue et Pascal se détache de leur étreinte, il sait qu'il est temps de la laisser rentrer sans insister davantage.

— Allez rentre vite, j'entends Ginka qui aboie à la mort ! Je suis sûre qu'elle sent que tu n'es pas loin, va vite la délivrer !

Sourires complices.

— Tu as raison, je file ! Je ne l'ai jamais entendue si fâchée…

— Bonne nuit Fanny, lui lance Pascal en se dirigeant à reculons dans le chemin menant vers sa maison voisine. Il lui envoie des baisers avec emphase et manque de trébucher sur un gros caillou. Fanny, hilare, se retourne alors et se dirige en trottinant vers la ferme où l'attend impatiemment Ginka. Elle referme sa veste, parcourue par un rapide frisson. Pour la première fois depuis très longtemps, elle a la sensation d'avoir passé une journée de bonheur intense. Oui c'était une sacrée belle journée, comme elle n'en avait pas vécu depuis une éternité.

— 16 —

Sommeil impossible. Le champagne et la chaleur peut-être, les yeux et la bouche de Fanny sans aucun doute. Pascal est allongé sur son lit, tout habillé. Il pensait sombrer rapidement mais depuis trente minutes il est là, immobile, à regarder sans le voir le plafond de sa chambre.

Envie soudaine de descendre se rafraîchir à l'aide d'un verre d'eau citronnée qui calmera aussi peut-être son foie douloureux. Il ouvre la baie vitrée du salon et avale sa potion par petites gorgées, debout sur la terrasse. Il se concentre sur la sensation du bois frais et légèrement humide sous ses pieds nus tout en regardant le ciel étoilé. Il pense alors à son père qui lui avait un jour fait croire que tout être humain sur Terre est représenté par une étoile dans le ciel. Il ne peut s'empêcher de compter les points lumineux comme un réflexe de gamin qui veut croire que son père ne lui mentait pas. Il s'était souvent endormi en dénombrant méticuleusement chaque étoile, la fenêtre de sa chambre d'enfant ouverte sur le ciel lorsque la chaleur de juillet était écrasante. Au loin, la hulotte du canal hulule encore et Ginka ne semble pas vraiment s'apaiser. En voudrait-elle à Fanny de l'avoir enfermée si longtemps ?

Étrange. Bien sûr sa pensée dérive alors vers l'apicultrice, son visage mais aussi cette épaule échappée de la robe noire qu'elle portait ce soir. Avec elle c'est différent, une attirance physique oui mais pas seulement. Il est d'habitude beaucoup plus direct, et cet état romantique nouveau le porte et le transporte dans un monde qu'il découvre. Un monde assez subtil, un monde dans lequel, il l'espère, Fanny le rejoindra totalement un jour. Lui revient alors à l'esprit l'ex-mari violent qui l'avait laissée pour morte après le départ de leur fils. Ce qu'il imagine est tout simplement insupportable. Il ne comprend pas la lâcheté et la folie de ce genre d'hommes. Il connaît sa propre impulsivité mais jamais il n'a eu envie de frapper qui que ce soit, à part peut-être Yvon, l'ancien assureur devenu petit politicien arriviste, roquet aigri menaçant à tout va le maire et son équipe et bloquant toute amorce de projet pendant les conseils municipaux. C'est sûr qu'il lui décocherait bien une droite histoire de lui remettre les idées en place, ou plutôt un croche-pied discret quand il arrive dans la salle du conseil pour le ridiculiser.

Il comprend mieux maintenant les réactions parfois étranges de Fanny, celles d'un animal blessé prêt à attaquer à la moindre approche trop familière. Il est heureux qu'elle ait trouvé refuge près de chez lui. Il dérive à nouveau en essayant d'imaginer ce qu'elle fait en ce moment. Est-elle dans son lit ? Dort-elle profondément ? Certainement pas, vu comme Ginka aboie encore par intermittence. Est-elle donc totalement éveillée en pensant à lui ? Il donnerait beaucoup pour avoir le droit d'être allongé près d'elle cette nuit. Il finit son verre et regarde sa montre, 1 heure du matin, il ne dormira pas avant quelques heures, il le sait. Il allume alors les nombreuses lampes qui éclairent avec douceur son salon décoré avec goût, meubles anciens rénovés, canapé d'angle en velours bleu nuit, vieilles affiches de film encadrées, Pascal porte une grande attention à son intérieur, source de railleries fréquentes d'ailleurs quand les copains de tarot viennent jouer chez lui. Il fait chauffer de l'eau pour une tisane tout en réfléchissant à ce que Fanny lui a expliqué un peu plus tôt, au début de leur marche le long du canal. Elle lui a annoncé qu'elle ne pensait pas poursuivre son métier très longtemps. Elle avait la sensation d'emprisonner les abeilles dans des cages avec ses ruches en bois, leur place était dans la nature et pas dans des boîtes. Elle avait également l'intention d'arrêter l'élevage des reines puisqu'elle ne supportait plus cette façon de s'immiscer dans la vie de ces êtres vivants qui n'avaient rien demandé. Elle avait d'ailleurs des doutes quant à l'effondrement soudain de certaines colonies. Oui il y avait les pesticides qui les fragilisaient, oui il y avait le varroa qui faisait des ravages sur des abeilles affaiblies par les produits chimiques, mais elle commençait à se demander si l'intervention des humains dans la chaîne de reproduction et les croisements effectués afin d'obtenir des abeilles plus ou moins dociles, plus ou moins adaptées à certains milieux, et donc conformes aux désirs et aux besoins des humains, n'était pas une autre source de leur possible extinction. Elle ne souhaitait plus faire partie de cette communauté qui en exploite une autre et lui a avoué envisager sérieusement de s'associer avec Louise qui avait largement du travail pour deux. Elle se voyait déjà en créatrice de tisanes et Pascal avait souri en lui demandant si ce n'était pas l'incendie des ruches qui la poussait trop rapidement vers des conclusions extrêmes. Il avait retenu son souffle jusqu'à ce qu'elle lui fasse part de cette envie de travailler avec Louise, elle n'envisageait donc pas de quitter la région. Elle aimait sa ferme près du canal et les gens qui l'entouraient. Le voilà alors qui divague sur leurs futures balades car il en est maintenant certain, il pourra bientôt partager certaines de ses marches quotidiennes. Tisane en main, il se dirige vers sa platine et commence à faire défiler sous ses doigts sa collection de disques. Bashung bien sûr, photo végétale pour album poétique. Il fait glisser la fine galette, noire et brillante sur le plateau, soulève le diamant et s'apprête à le reposer délicatement sur le vinyle lorsqu'une détonation transperce la nuit. Une détonation sourde, une deuxième, suivie d'un hurlement animal. Puis le silence, total. Pascal, comme statufié, se demande si un chasseur acharné pourrait être en train de se livrer à une battue nocturne.

Le cœur qui s'emballe, le pouls qui s'accélère. Il se rue sur sa porte d'entrée et se met à courir comme jamais vers la maison de Fanny. Il aperçoit au loin les phares arrière d'une camionnette roulant vers la départementale mais il continue sa course vers la ferme de sa voisine qu'il rejoint en quelques minutes. Les aboiements de Ginka se font de plus en plus puissants. Pascal ne comprend pas, il semblerait que la chienne aboie depuis l'atelier. Fanny ne l'a donc pas libérée ? Pas de lumière non plus dans la maison. Il appelle Fanny une fois, deux fois, de plus en plus fort. Rien, le silence et l'obscurité totale. Il allume alors la lampe de son téléphone portable tout en se dirigeant vers l'atelier. La cour lui paraît plus vaste que d'habitude, sensation de ne pas avancer assez vite, sentiment d'urgence extrême. Ginka est maintenant silencieuse et cela ne le rassure pas.

Là, à quelques mètres de l'entrée de l'atelier. Fanny, allongée, immobile. Sa voix à lui, déchirée, éraillée, méconnaissable qui appelle.

— Fanny ? Fanny ?

Mais Fanny ne répond pas, tragiquement mutique, allongée sur le ventre, clouée au sol par deux balles tirées dans son dos.

Pascal se jette sur le corps inerte et murmure son prénom, implorant une réponse. Ginka n'est plus maintenant qu'une longue plainte lancinante derrière la vitre qu'elle griffe frénétiquement. Lui ouvrir, il faut qu'il ouvre l'atelier. Il se souvient dans un éclair de lucidité le geste que faisait Fanny dès qu'elle rentrait du marché, attrapant la clé sous une tuile du toit cassé. Pascal reprend son téléphone et compose le numéro du SAMU pendant qu'il délivre la chienne. Celle-ci se rue sur sa compagne, gémit et couine, elle s'agite et aboie maintenant avec autorité comme pour réveiller celle qui ne bouge plus. Elle tourne en rond sur elle-même, s'arrête, se penche vers Fanny, renifle et gémit à nouveau avant de se coucher contre le flanc de sa maîtresse pour ne plus bouger. Pascal fixe alors son regard plein de larmes sur les deux taches noires au niveau de l'omoplate droite de Fanny, comme hypnotisé par ces deux ronds qui grandissent au fur et à mesure qu'il les regarde. Il ne peut détacher ses yeux de ces deux accrocs minuscules qui s'étendent à toute vitesse et noircissent la veste kaki qu'elle avait enfilée une heure plus tôt, pendant qu'ils marchaient tous les deux, côte à côte dans une complicité naissante.

— Allô, oui, les secours ? Vite ! La ferme du Rocher, on a tiré sur une femme… Inconsciente, oui. Vite, venez vite.

Il s'assoit en tailleur, tenant la main de celle qu'il aime. Il ne veut pas croire ce qu'il voit. Il prend alors le poignet de Fanny et cherche un pouls, il est faible et léger mais Fanny est vivante. Il approche son visage de l'oreille de l'apicultrice et lui murmure qu'elle doit tenir bon, qu'il est là avec Ginka, qu'ils veillent sur elle, qu'elle n'a pas le droit de les quitter maintenant. Il caresse ses cheveux et tente de tourner un peu son visage sur le côté pour qu'elle respire mieux. C'est à ce moment qu'il voit les yeux tuméfiés et l'arcade qui saigne. Et puis le bas du visage de Fanny déformé par une mâchoire cassée. Son amour défiguré. Il se relève dans un hurlement à la limite de l'humain en se tenant la tête à s'en arracher les cheveux avant de revenir s'agenouiller à bout de souffle, ses cheveux longs trempés de larmes, près d'une Ginka silencieuse, occupée à communiquer pleinement et à sa manière avec sa compagne endormie.

La sirène, les gyrophares colorant de bleu les murs de pierre de la ferme. Les secours arrivent dans la cour mais Pascal et Ginka, sous le choc, ne bougent pas, comme happés dans un monde parallèle d'horreur et de tristesse.

— 17 —

Juin, mois de l'embellie pour L'Arbre d'Eau à qui on offre une nouvelle jeunesse. Tous les ans à la même période, la péniche est mise sur cale pendant une semaine afin de la restaurer après une année de spectacles fluviaux. Vidange, sablage, carénage, soudure, pont lessivé, balustrades briquées, tout y passe. Et pour finir, un dernier coup de peinture rouge écarlate pour lui donner la touche élégante que les habitués lui connaissent. La salle intérieure est, elle aussi, aérée, dépoussiérée et rangée afin d'accueillir avec fierté les spectateurs qui seront encore plus nombreux pendant la période estivale. Ça s'active, ça crie, ça rit autour du chantier à quelques mètres du bar de l'Écluse. Les roses trémières sont en fleurs et ornent maintenant les murs en pierre du restaurant de Suzanne. Dans les fossés bordant les chemins de halage, coquelicots, marguerites et pissenlits complètent la touche estivale tout comme les kayaks, paddles et canoës qui glissent en silence sur l'eau sombre du canal. Les joggers et cyclistes sont eux aussi déjà en mouvement avant que la chaleur ne devienne étouffante et paralysante.

Assise à la table du fond de la salle du bar de l'Écluse, Angora profite de ce spectacle pittoresque. Impression que l'écluse se transforme en ce moment en station balnéaire avec toute cette agitation touristique et cette flore épanouie. Elle aimerait profiter de cette ambiance nouvelle mais sa tristesse se heurte à la joie collective. Sa tristesse et sa colère. Depuis quelques jours elle trouve refuge chez Suzanne pour réviser ses cours. Grâce à toutes ses petites attentions et à son autorité bienveillante, la patronne joue parfaitement le rôle maternel dont Angora a besoin. Fin juin elle devra passer ses examens de fin d'année et soutenir son rapport de stage sur les nouvelles méthodes d'élevage des reines et les journées sont trop courtes puisqu'elle remplace aussi Fanny autant qu'elle le peut sur le rucher. Bien sûr Marcel est arrivé en renfort mais si elle ne se plaint pas, la stagiaire est fatiguée. Elle tente de rester concentrée sur ses révisions mais son attention est détournée depuis quelques minutes par un jeune homme qui traverse l'écluse et se dirige vers le café-restaurant. Il est suffisamment rare qu'un garçon de son âge se promène dans les parages pour qu'elle le remarque tout de suite. Le canal n'étant pas l'endroit le plus à la mode autour de Rennes, excepté les techniciens de la péniche qu'elle connaît tous maintenant, les moins de trente ans ne sont pas nombreux par ici. Il marche tête baissée et elle ne voit de lui que ses cheveux mi-longs. Elle est instantanément saisie et troublée par la ressemblance de leurs deux chevelures bouclées à l'extrême mais ses cheveux à lui sont d'un noir réglisse totalement fascinant. Il entre dans le bar et referme délicatement la porte derrière lui comme s'il avait peur de déranger le peu de clients alors présents chez Suzanne à cette heure de la journée. 11 heures est un moment en suspens dans la salle, un peu à l'opposé de ce qui se joue en cuisine au même instant. Le regard d'Angora ne peut se détacher de celui qui entre discrètement, tellement discrètement qu'on ne voit que lui. Ses cheveux longs cachent totalement son visage mais sa taille imposante attire les regards qui se tournent vers lui, comme aimantés. Il avance avec hésitation vers Suzanne et attend patiemment qu'elle raccroche le téléphone. Elle semble noter une réservation et l'expression de son visage change soudain lorsqu'elle relève la tête en remerciant la personne à l'autre bout du fil. Livide, elle repose le combiné comme au ralenti. Angora le remarque et elle a la sensation que la patronne vient de voir un fantôme. Elle ne peut pas entendre les premiers mots de Suzanne mais elle la voit prendre les mains du garçon, avec précaution et douceur puis elle se retourne et monte sur son petit escabeau derrière le bar afin d'atteindre une boîte à chaussures posée à côté de la chaîne hi-fi qu'Angora n'avait encore jamais remarquée. Ils échangent encore quelques paroles puis dans un sourire Suzanne lui montre la table où est installée Angora. Le jeune homme se retourne et la stagiaire peut alors découvrir son visage et surtout ses yeux ardoise d'une douceur et d'une intensité qu'elle n'a jamais remarquée chez personne d'autre. Elle se sent, peut-être pour la première fois depuis bien longtemps, totalement intimidée. Vite reprendre la lecture de son cours sur le problème du nourrissage des abeilles avec de l'eau sucrée, elle ne veut pas qu'il remarque l'intérêt qu'elle lui porte déjà. Afficher rapidement un air totalement détaché sous peine d'être démasquée car il semblerait que c'est bien vers sa table qu'il avance.

— Bonjour, c'est bien toi Angora ?

Ginka qui dormait aux pieds de l'étudiante se lève d'un bond et vient tourner autour du garçon. Elle semble gémir, pleurer ou se réjouir, on ne distingue pas trop. Le jeune homme hésite, la réaction de ce chien n'est pas habituelle, est-il hostile ou accueillant ? Il tend une main timide que Ginka se met à lécher sans hésitation ni ménagement. Sourire gêné, il essuie sa main sur son pantalon de toile beige tout en demandant à Angora s'il peut s'asseoir.

— Euh, oui vas-y mais, on se connaît ? Tu connais Suzanne ? Je crois pas qu'on se soit déjà vus dans le coin.

Il pose sa boîte à chaussures sur la table et s'assoit timidement, frottant ses mains sur ses genoux comme pour se donner du courage.

— Non, on ne se connaît pas c'est vrai. Je m'appelle Diego, je…

La main portée devant sa bouche, Angora est sous le choc pendant que Ginka pose sa tête dans un grognement satisfait sur les genoux du fils de Fanny. La scène est étonnante, comme décalée du monde réel.

— Excuse-moi mais il est pas un peu bizarre ton chien là ? J'avoue je suis pas très à l'aise et il va le sentir, c'est toujours comme ça les chiens remarquent tout de suite quand on a peur et ils ont des réactions qui me font flipper encore plus, il va me mordre là non ? Il grogne beaucoup.

Sourire d'Angora.

— Étonnant pour un mec costaud comme toi que tu craignes les chiens. T'en fais pas, elle n'est pas agressive, elle profite juste.

— Elle profite ?

— Oui, je te présente Ginka, la chienne de Fanny. Je crois qu'elle est bien plus douée que moi au jeu des ressemblances familiales. Ne t'occupe pas d'elle, enfin, fais comme si elle n'était pas là et laisse-la savourer le moment. Ton odeur je pense.

— Ma mère, un chien…

— Et comment… Enfin je veux dire, par quel mystère es-tu là aujourd'hui ? Comment as-tu appris ce qui s'est passé ? Quelqu'un t'a finalement retrouvé ? Je suis désolée d'être si curieuse, mais je ne comprends pas bien, insiste Angora en se frottant les mains pour éteindre leur moiteur et tenter de contenir son émotion.

— Les flics. Ce sont les flics qui m'ont retrouvé, répond Diego le visage tourné vers le canal mais le regard bien loin d'ici.

— Mais quand ?

— Je suis passé au commissariat central de Rennes ce matin et je suis venu directement ici en sortant. Ils m'ont appelé hier. Ils recherchent mon père. Apparemment maman a porté plainte après un incendie et elle en a profité pour déposer une main courante contre mon père. Du coup ils cherchaient à l'interroger pour confronter son emploi du temps le jour de l'incendie mais ils n'ont pas été assez rapides…

— Tu parles, ils n'ont juste pas estimé qu'il y avait urgence à intervenir, comme d'habitude quoi. Angora tape du poing sur la table avant de se jeter en arrière contre le dossier de sa chaise. Une femme en danger, menacée par un ex, elle n'a qu'à se démerder toute seule. Ils n'ont pas que ça à faire hein, faut pas déconner non plus, ils ont des vraies enquêtes à mener tous ces gendarmes et ces flics en carton. Tellement classique, on demande aux femmes de porter plainte, de parler et derrière ils sont pas foutus de bouger leur cul et de faire ce qu'il faut…

Diego baisse la tête vers Ginka, museau toujours posé sur ses genoux et il interrompt soudainement Angora.

— Tu es toujours comme ça ? lui sourit-il nerveusement.

— Pardon. Je… Oui, je crois. Mais je suis tellement en colère là.

— C'est sûr que ça ne l'a pas protégée de porter plainte. Par contre il me semble que le flic qui a pris sa déposition a traité l'affaire sérieusement mais il n'a pas été assez rapide. Je l'ai rencontré ce matin. Il s'est excusé et m'a avoué rapidement qu'il n'avait pas eu l'accord de sa hiérarchie pour déployer l'artillerie lourde dans l'enquête sur l'incendie. Ils n'étaient que deux à sillonner la région avec une vieille photo de mon père trouvée sur Internet. Ils ont interrogé d'abord le voisinage de ma mère et ils ont étendu leurs recherches petit à petit, méthodiquement mais à deux, ça leur prenait trop de temps. L'inspecteur Ribori était en attente d'informations de la part de ses collègues parisiens lorsqu'il a appris ce qui est arrivé à maman. C'est à ce moment-là qu'il a commencé à me chercher.

Sans s'en apercevoir Diego pose sa main sur la tête de Ginka et le simple toucher de son poil blanc et doux libère ses larmes. Il s'essuie les yeux avec son bras droit tout en regardant Angora. Il expire alors bruyamment et continue son récit.

— Ils n'ont pas mis beaucoup de temps à me retrouver puisque je suis étudiant à la fac d'histoire de Nantes et mes empreintes étaient enregistrées suite à une arrestation pour trouble à l'ordre public pendant une manif. Mon père, lui, apparemment il est toujours en cavale.

Les mâchoires de Diego se serrent pendant qu'Angora ne peut réprimer un large sourire.

— Nantes, tu rigoles ? Et dire qu'on te croyait à Terre-Neuve !

— Terre-Neuve, mais pourquoi si loin ?

— C'est une longue histoire, mais continue, s'il te plaît. Tu manifestais contre quoi ? Pourquoi n'as-tu jamais donné signe de vie à ta mère ? Pourquoi tu es parti comme ça ?

Diego pose ses deux mains à plat sur la boîte à chaussures et baisse la tête encore une fois. Pour seule réponse il relève son visage et esquisse un sourire triste à Angora qui se rend compte qu'elle doit cesser de le bousculer ainsi.

— C'est pas possible ce que je peux être nulle parfois.

Diego caresse la boîte comme un trésor. Il soulève légèrement le couvercle, juste assez pour voir la petite dizaine de lettres qui l'attendent et qui lui donnent le courage de reprendre la parole.

— Hier, dès que j'ai appris la nouvelle j'ai appelé Lucie, une vieille amie de maman. C'est elle qui m'a dit. Elle m'a raconté la ferme, les abeilles, toi et le restaurant de Suzanne. Lucie m'a aussi dit que des lettres m'attendaient au bar de l'Écluse. Ma mère l'appelait encore régulièrement et elle lui laissait des consignes au cas où un jour je me manifesterais. Voilà, il a fallu que mon père plante deux balles dans le dos de ma mère pour que je… que je débarque.

Son regard plonge dans celui d'Angora et elle y voit soudain tout le désespoir d'un garçon qui se retrouve seul, et certainement totalement perdu.

C'est à ce moment que Suzanne arrive avec un verre de whisky dans la main qu'elle tend à Diego.

— Tu bois ça mon grand, tu bois ça cul sec et après vous allez à la ferme avec Angora, elle va te montrer la maison de ta mère. Et puis tu dois avoir envie de lire tes lettres. Angora, tu l'installeras dans le salon de Fanny, tu le laisseras tranquille pour lire et vous reviendrez manger ici ce soir, d'accord ? Vous mangez là et vous n'avez pas le choix.

Angora déteste les ordres et les conseils trop pressants mais elle acquiesce cette fois-ci à tout ce que lui demande Suzanne.

— Allez Ginka, viens on va montrer ta maison à Diego.

Comme elle l'avait promis à Suzanne, Angora accompagne Diego jusqu'à la ferme du Rocher. Elle lui propose une visite de la miellerie et de l'atelier mais Diego refuse poliment. Ce qu'il veut c'est lire les lettres de sa mère avant toute chose. Angora entre alors avec lui dans la ferme et le précède dans le salon.

— Bon alors je te laisse, je vais aller faire un tour des ruches pour voir si tout va bien. Je serai de retour d'ici une heure environ. J'ai noté mon numéro de téléphone, là sur le bureau, appelle-moi si tu as besoin de quoi que ce soit, d'accord ?

Mais Diego ne répond que d'un hochement de tête, totalement absorbé par la vision de ses deux dessins d'enfant encadrés et accrochés à un mur par ailleurs totalement nu. Il reste ainsi, immobile, pendant quelques minutes avant de prendre place sur cette espèce de canapé qui semble prêt à l'avaler tout entier.

Angora n'a pas le courage de faire le tour du rucher. Elle décide plutôt d'aller prendre les mesures hebdomadaires des ruches sous serre installées chez Catherine, la brasseuse. Au volant de la camionnette de Fanny, elle est frappée par la campagne environnante montrant déjà les premiers signes d'une sécheresse précoce et une boule se noue instantanément dans son ventre. Comment continuer ainsi ? Comment faire réellement changer les choses ? À quoi bon essayer de lutter quand on voit les résultats ? Elle se sent soudain épuisée, le désespoir remplaçant la colère et c'est avec toutes ces ruminations en tête qu'elle complète les relevés. Un léger optimisme vient s'immiscer dans sa détresse lorsqu'elle constate les très bons résultats de l'expérience mise en route par Fanny. Il semblerait bien que le houblon aide les abeilles à se débarrasser du varroa. De retour à la ferme du Rocher, Angora frappe avec hésitation à la porte du salon duquel sortent des notes légères de guitare.

— Oui, entre Angora.

Diego gratte les cordes de la guitare qui trônait depuis des années près de la cheminée.

— Pourquoi souris-tu comme ça ?

— C'est juste que cette guitare t'attendait depuis longtemps, je suis contente qu'elle t'ait enfin trouvé.

Un silence gêné les enveloppe alors, rompu par Ginka venant se poster près de Diego en aboyant sa joie de le revoir.

— Elle est vraiment drôle cette chienne, on dirait qu'elle sourit non ?

— Oui elle sourit, elle sait faire ça et je crois que tu lui as manqué pendant cette petite heure.

Diego ose alors une caresse et Ginka en profite pour pousser la guitare à l'aide de son museau afin d'avoir la primeur de ses genoux. Angora se mord la lèvre pour ne pas demander à Diego ce qu'il ressent après la lecture des lettres, elle sait qu'elle ne doit pas le brusquer encore une fois.

— Angora, tiens je te laisse lire la dernière lettre de ma mère je pense que ça t'éclairera un peu sur ce qui s'est passé.

— Tu es sûr ? J'veux dire, je ne veux pas être indiscrète.

— C'est au sujet de sa déposition au commissariat, je pense que tu as le droit de lire ça.

Diego lui tend alors une feuille de papier, une copie simple à grands carreaux comme toutes celles qu'elle remarque éparpillées sur la table à côté de la boîte à chaussures ouverte.

Lettre 10.

Mon Diego,

C'est dans un état d'angoisse extrême que je tiens mon crayon aujourd'hui.

Ton père est de retour, je le sais et j'ai peur.

Je suis allée au commissariat il y a environ deux semaines. Angora m'incitait depuis plusieurs jours à porter plainte contre X pour l'incendie criminel de mes ruches. Elle ne pouvait pas savoir que je repoussais chaque jour cette éventualité car je paniquais à l'idée d'aller raconter mon histoire, notre histoire, à des inconnus. Je redoutais leur mépris pour cette pauvre bonne femme maltraitée par son ex-mari et qui n'a même pas été fichue de garder son fils près d'elle. J'avais tellement peur de leur jugement. Des représailles de ton père aussi bien sûr. Il m'a si souvent répété que si je le dénonçais à qui que ce soit j'étais une femme morte et que ta vie à toi dépendait aussi de mon silence. On n'efface jamais une telle menace, elle plane pour toujours sur la vie et l'inconscient d'une femme battue.

Angora a été convaincante, et puis je me disais que je devais montrer l'exemple, ma génération doit parler, nous nous sommes trop longtemps tues.

Il y a environ deux mois, je faisais une pause pendant une matinée de travail dans mon atelier et j'ai remarqué un camion qui faisait demi-tour dans la cour de la ferme. Je n'ai pas vu le visage du conducteur mais juste le reflet d'une gourmette pendant qu'il manœuvrait. Quelques semaines plus tard ce même camion était garé au bout du champ de La Haye, là où j'installe la plus grande partie de mes ruches pour l'été. Je n'y avais pas prêté attention mais lorsque Ginka s'est mise à aboyer pour me signaler la présence d'un inconnu, j'ai remarqué qu'il a très vite redémarré. Mes ruches ont brûlé le lendemain.

Depuis l'incendie je ressentais une sorte de malaise et de peur diffuse. La gourmette, c'est elle qui m'a fait comprendre à qui j'avais à faire. C'est après une balade avec Angora que j'ai compris. Je montrais du doigt un paysage au loin et le soleil a tout à coup fait scintiller ta gourmette que je porte autour de mon poignet. Nous avons toutes les deux été éblouies et j'ai su, comme un flash, une révélation. La gourmette du conducteur était celle de ton père.

C'est la peur qui m'a décidée. C'est elle qui m'a guidée jusqu'au commissariat, je sais de quoi ton père est capable. C'est ce que j'ai expliqué au premier inspecteur qui a reçu ma déposition. J'ai porté plainte pour l'incendie de mes ruches et j'ai déposé une main courante au sujet de ton père que je soupçonnais être l'auteur de l'incendie par vengeance. Je lui ai également fait part de notre histoire et du risque qu'il s'en prenne physiquement à toi et à moi. L'inspecteur Ribori m'a alors demandé de déposer une seconde main courante auprès de leur nouveau service des violences faites aux femmes. J'ai répété mon histoire à un autre homme, certes à l'écoute mais pas vraiment inquiet. C'est à ce moment que j'ai réalisé que j'étais totalement seule, que ces gens-là ne me protégeraient pas. Je devais attendre que ton père passe à l'acte pour preuve de sa dangerosité à verser à leur dossier, ce qui déclencherait ainsi une procédure plus sérieuse. Je suis repartie avec un téléphone d'alerte grave danger, comme ils appellent ça. J'essaie, depuis, de le garder avec moi mais est-ce bien utile ? J'habite si loin d'un commissariat, je ne vois pas comment ce téléphone peut me sauver la vie. Ils m'ont promis bien sûr de faire le maximum pour retrouver ton père mais depuis deux semaines, je n'ai aucune nouvelle. Ils sont venus faire des relevés d'empreintes dans le chemin près du champ de La Haye et depuis plus rien. Alors je guette, j'observe, j'épie, je suis sur mes gardes car je le sais en embuscade.

Ce qui m'inquiète plus que tout, c'est l'idée qu'il aurait déjà pu te retrouver avant moi. Dans son esprit malade tu l'as trahi, tu représentes celui qui a détruit le petit monde sur lequel il régnait avant ton départ. Comment peut-il justifier aujourd'hui que sa femme et son fils aient disparu ? Pour son fils, c'est assez simple, il peut inventer l'histoire du jeune homme parti faire des études brillantes à l'étranger, c'est classique tout le monde peut y croire. Quant à sa femme, il joue certainement la carte de l'homme abandonné et désespérément malheureux auprès de tous ceux qui ne savent pas. J'imagine qu'il plaque le masque du désespoir sur son visage tous les matins en arrivant à son cabinet de consultation. Je le visualise si bien, il enfile sa tenue médicale vert olive, toujours impeccable, cette même tenue qui m'a parfois valu des scènes terribles lorsque mal repassée ou mal lavée, il se regarde dans le miroir, replace une mèche noire rebelle puis désinfecte ses mains. Il passera ensuite saluer sa secrétaire qui se dira que c'est quand même incompréhensible cette histoire, quelle femme pourrait quitter du jour au lendemain un bel homme si bon et si attentif aux autres, si charmant, toujours un mot gentil, un compliment qui vous requinque lorsque vous êtes morose, et puis il accueillera sa première patiente de la journée, il sera poli et affable comme à son habitude, peut-être qu'il se sera confié à quelques patients ou patientes pendant qu'il leur remet une cervicale ou une épaule en place tout doucement, puisqu'il est connu à Paris pour cette douce efficacité.

J'espère qu'un jour tu me pardonneras de ne pas t'avoir protégé comme j'aurais dû le faire, de ne pas être partie plus tôt, avant que ton père ne devienne incontrôlable et tout-puissant.

Pourrons-nous connaître à nouveau l'insouciance ? Je veux croire qu'un jour nous serons libérés de cet homme cannibale et que je pourrai vivre libre en te sachant heureux. En attendant ces jours meilleurs, je me battrai, je dois te retrouver Diego, je dois te revoir. J'ai peur mais je veux croire que l'incendie était sa plus grosse erreur, celle qui peut-être le mettra derrière les barreaux quelque temps, celle qui l'amènera à nous laisser en paix.

Angora se laisse tomber dans le canapé de velours marron, mutique et comme absente. Et puis la tête entre ses genoux, dans un balancement, un flot de mots que Diego comprend à peine.

— Pourquoi elle m'a rien dit… Je savais pas… Comment… elle… J'étais pas là, j'ai rien pu faire… Quelle espèce d'enfoiré…

Diego s'assoit près d'elle et pose timidement une main sur son épaule. Angora bondit alors sur ses pieds et essuie ses yeux rouges de larmes et de colère.

— Pardon je suis nulle encore une fois, c'est pas à toi de me réconforter. Viens, on va voir Suzanne, on lui a promis.

« Ginka, on va faire une balade, faut qu'on bouge là. Venez, on se casse, dépêchez-vous on reste pas là une minute de plus, même on peut aller en courant au bar de l'Écluse, ça vous dit ? Ginka c'est sûr, ça te dit, Diego ? Ouais, non, avec tes grosses godasses tu vas pas pouvoir, bon tant pis, on y va en marchant tu vas voir c'est beau le canal à cette saison, le chemin de halage c'est canon avec les fleurs et en plus ta mère s'y promenait tous les jours alors c'est bien, hein c'est bien ? Je…

— Angora, stop ! S'il te plaît, arrête. Oui ça me fera du bien de marcher un peu et de prendre l'air, tu as raison. Je te suis.

— 18 —

Diego retrouve la ville. Le bitume brûlant. La mécanique reine. Il marche, téléphone en main et écouteurs dans les oreilles pour suivre la voix numérique qui le guidera jusqu'à l'adresse enregistrée. Il est perdu et essaie de se souvenir des indications d'Angora mais il ne reconnaît rien de ce que lui a décrit la stagiaire et il déambule dans un quartier qui pourrait bien être l'emblème suprême des années 70. Une enfilade d'immeubles aux façades uniformes, aux couleurs démodées et à la structure qui semble pouvoir s'écrouler au moindre coup de vent. La bibliothèque universitaire, le restaurant universitaire, Angora lui avait pourtant bien dit que ça ne serait pas compliqué puisqu'il n'y a qu'une seule ligne de métro à Rennes, mais Diego comprend qu'il est sorti une station trop tôt.

Regard amusé vers le camion de galettes-saucisses fumantes, déjà pris d'assaut en cette fin de matinée caniculaire, pendant que la voix lui indique une arrivée à destination dans dix minutes. Il accélère alors le rythme de sa marche et s'engage quelques minutes plus tard sur un grand boulevard sinueux et bordé de platanes gigantesques, sources d'ombre bienvenue dans cet environnement familier et asphyxiant d'asphalte, de béton et de pollution automobile. La circulation devient dense, les voitures sont garées sur les trottoirs, en double file ou sur les passages pour piétons. Diego reconnaît alors la laideur des abords hospitaliers, l'environnement hostile de ces usines à réparer les gens. Il ralentit, redoutant déjà l'entrée dans ce bâtiment soviétique gris et imposant, avec l'horrible sensation qu'il n'en ressortira jamais. La menace de cette affreuse bâtisse est glaçante et c'est un grand paradoxe d'avoir construit de telles laideurs afin de sauver la vie des gens. Petit déjà, les hôpitaux le terrorisaient. Quand son père le déposait au service infectiologie de Courbevoie où travaillait Fanny, Diego était content de la voir, il était fier aussi de cette maman qui avait de l'allure dans sa blouse avec les crayons dans sa poche poitrine mais il n'avait qu'une idée en tête, s'échapper. Elle l'installait toujours dans la salle de pause après qu'il avait eu le droit de choisir son goûter et une boisson dans le distributeur automatique, mais ça ne suffisait pas. Les seuls mots qu'il pouvait prononcer pendant ces visites étaient : « On y va maman ? » « Quand est-ce qu'on y va maman ? » Fuir cet endroit aseptisé et puant de maladie, de sang et de mort. Il n'a jamais compris comment sa mère avait pu exercer ce métier d'infirmière pendant tant d'années. L'altruisme, la bonté, le sens de la solidarité, l'empathie et toutes ces dispositions humaines hors du commun ne pouvaient pas expliquer d'après lui des années entières de visions d'horreur quotidiennes, des liquides corporels aux cris de douleur, des draps à changer aux paroles blessantes de patients irascibles. Fanny lui expliquait pourtant que son métier n'était pas fait seulement d'atrocités comme il semblait l'imaginer, il y avait aussi les instants grisants d'une vie sauvée, le rire revenu d'un enfant enfin soulagé d'une douleur physique qui éteignait petit à petit sa joie de vivre, la solitude interrompue d'une personne âgée heureuse d'être prise en charge pour sa hanche douloureuse, et puis la camaraderie entre collègues aussi parfois.

La porte coulissante du hall s'ouvre maintenant sur une fourmilière hyperactive. Des ouvriers et surtout des ouvrières en blouse et uniforme bleu pastel, vert pastel, rose pastel ou blanc. Tout est organisé au millimètre. Il prend un ticket et attend son tour à l'accueil. On l'appelle après quinze minutes d'attente anxieuse afin de remplir les papiers nécessaires à son entrée en tant que visiteur des soins intensifs. La secrétaire lui remet un costume de papier sous plastique ainsi qu'une charlotte et des surchaussures qu'il devra enfiler avant d'entrer dans le service. C'est un labyrinthe de lino bleu outremer collant et brillant qui le conduit jusqu'à cette poignée en plastique qui grince et cette porte qui s'ouvre sur une pièce sombre et extrêmement calme. Un homme est assis ou plutôt effondré dans le fauteuil près d'un lit vaisseau spatial. Il passe une main sous la charlotte dans des cheveux qui semblent être blonds. Il regarde Diego et arrête son geste. Il se lève, le fixe et dit d'une voix cassée par l'émotion :

— Elle t'attend depuis si longtemps.

Avant de refermer la porte, il ajoute :

— Je suis Pascal, le voisin de ta mère. Je vais attendre en bas, à la cafétéria, si tu veux m'y rejoindre après.

Diego ne répond que par un léger hochement de tête, le regard rivé sur ses pieds bleus. Pascal l'observe, de dos, et remarque la carrure imposante de ce jeune garçon qui doit avoir le même âge que Luka avec deux têtes de plus.

Il est alors parcouru d'un frisson en imaginant qu'il a pu hériter de la silhouette de son père.

Lorsque la porte se referme totalement, Diego se décide enfin à lever les yeux vers ce qui est caché sous l'amas de tubes, tuyaux et cathéters. On ne distingue plus l'être humain derrière les machines et il réprime un haut-le-cœur intense. Il fait quelques pas vers le lit, tremblant et hésitant. Il ne reconnaît rien de l'être allongé là, qui n'a même plus de visage avec ce bandage qui entoure sa tête et ne laisse paraître que le bout d'un nez lui-même alimenté par un drain. Il distingue juste un bout de chair posé sur le drap blanc, et s'approche en fixant ce qui ressemble au dos d'une main. Il avance une chaise et s'assoit en regardant toujours cette main qu'il ne reconnaît pas. Avant, les ongles de cette main étaient soignés voire blanchis au vernis discret. Sur celle-ci les cuticules sont un peu noires, pas sales non, mais tachées. C'est une main de travailleuse manuelle qu'il observe en essayant de reconnaître un signe du passé. Hésitant tout d'abord, il effleure la peau et pose enfin ses doigts sur cette main inerte. Et Diego parle. Un flot de mots qui jaillit, qui coule et se déverse.

— Suzanne te dit bonjour maman et Angora aussi. Elles sont sympas tes copines du canal. D'ailleurs j'ai dormi au bar de l'Écluse cette nuit, Suzanne ne m'a pas laissé repartir hier soir et je lui en suis hyper reconnaissant, je crois que j'aurais pas pu chez toi, je veux dire sans toi. Et ce matin Angora est venue me chercher à 9 heures, elle voulait me montrer ton travail, tes ruches, ta miellerie. Tu m'impressionnes tu sais, je n'aurais jamais cru… Elle m'a dit de te prévenir, tes reines sont entre de bonnes mains, elle a tout apporté à son prof qui continue ton travail pendant que… pendant que tu te remets sur pied. Et Marcel l'aide sur le rucher, c'est l'ancien propriétaire de ta ferme non ? Je ne sais plus très bien, je m'y perds un peu je t'avoue. J'ai rencontré ta chienne aussi. Ça alors j'aurais jamais cru que tu aurais un chien un jour, tu en avais tellement peur.

Diego s'arrête, relève la tête vers le visage caché de sa mère et réprime le sanglot qui monte.

— Toi qui m'as refilé ta peur panique, te voilà avec un chien, maman je t'assure que j'ai eu un doute, je me suis dit que non c'était pas possible, qu'il y avait erreur sur la personne, il s'agissait pas de ma mère là. Et puis j'ai su, avec les lettres, j'ai su que c'était bien toi cette apicultrice vivant dans une ferme en pleine campagne avec une chienne pour seule compagne. D'ailleurs t'as pas trop forcé sur la déco de ton salon hein, mais merci pour la guitare, j'en ai joué un peu hier et ça m'a fait du bien, ça fait des années que je n'avais pas gratté de cordes. Faut que tu te dépêches de sortir de là maman, c'est moche ici, tu as besoin de tes arbres et de ton canal, j'en suis sûr. Pardon. Pardon de t'avoir abandonnée dans les mains de ce malade. Je le savais quand j'ai quitté la maison que je vivrai avec cette putain de culpabilité mais je t'en voulais aussi de l'avoir laissé dominer nos vies comme ça. La dernière fois qu'il a levé la main sur toi je ne sais pas si tu te souviens, ses parents étaient venus déjeuner un dimanche midi et après leur départ il t'a fait une scène pour une phrase que tu avais prononcée devant sa mère, je ne sais plus ce qu'il te reprochait mais comme à chaque fois, une connerie, un truc débile, juste prétexte à défouler sa haine et sa violence. Eh bien ce soir-là j'ai compris que j'allais le tuer. C'est pour ça. C'est pour ne pas tuer mon père de mes propres poings ou de tout ce que j'aurais pu trouver à portée de main que j'ai décidé de quitter la maison et de vous laisser tous les deux, j'ai sauvé ma peau maman mais regarde le résultat. Je ne suis qu'un putain d'égoïste.

Diego pose alors son visage plein de larmes à côté de la main de Fanny, le front sur les draps aseptisés.

— Voilà ce qu'ils nous font tous ces malades, ils nous enferment dans des vies de soumission. Tu avais réussi toi aussi à te libérer et il t'a retrouvée. Regarde, regarde ce qu'il t'a fait. Il a dû y passer toute son énergie vitale dans son plan de vengeance ce taré, ça a dû l'animer ça, le tenir en alerte, il y a même pris un grand, très grand plaisir à savourer sa future victoire quand il t'observait de loin dans son camion pourri. On était ses prisonniers maman, et les murs de notre prison c'était notre appartement à Paris et moi j'étais ton compagnon de cellule. Combien de fois j'ai hurlé dans mon oreiller le soir quand j'entendais, combien de fois j'ai mordu la patte de mon doudou chat pour ne pas crier de peur que papa vienne me fracasser la tête à moi aussi ? Je me souviens que j'avais arraché les yeux et coupé les oreilles de doudou chat, il ne fallait pas qu'il entende ni qu'il voie ce qui se passait dans cette maison. Et puis j'en pouvais plus de rentrer à la maison avec cette envie de vomir tout le temps, l'estomac qui se nouait dès que je sortais du métro et que je marchais sur notre boulevard. J'ai commencé à me dire que j'étais vraiment un minable et que ce père-là j'avais dû le mériter, je m'en voulais de tout et j'avais peur de tout le monde. Mais toi, toi tu m'as toujours encouragé, tu as toujours été là à me câliner, à me parler, tu étais mon rempart, c'est débile de dire ça peut-être mais c'est tellement vrai. Ton corps était un rempart contre les coups que mon père aurait pu me donner, tu m'envoyais toujours dans ma chambre quand tu sentais que ça allait dégénérer, tu avais développé une espèce de sixième sens pour ça et ça… Ça me désespère.

Diego caresse la main de Fanny, tout doucement, avec une tendresse infinie. Il joue avec les perles de bois noir autour du poignet de sa mère.

— Tu le portes toujours ?

Les larmes redoublent, il souffle, inspire bruyamment, se lève et marche vers la fenêtre aux volets mi-clos.

À la cafétéria du rez-de-chaussée, Pascal est assis, seul dans cet espace sans chaleur. Derrière lui, le poster géant d'une plage paradisiaque ne fait qu'accentuer cette impression d'austérité, tentative d'évasion totalement ratée. Il regarde les visages des autres clients. Ceux qui attendent dans l'anxiété d'une bonne ou mauvaise nouvelle, ceux qui semblent soulagés, ceux qui ont les larmes aux yeux et puis les impassibles aussi. Il observe surtout le serveur qui s'occupe de la caisse, sourire forcé, joie de vivre factice et surjouée, Pascal trouve admirables les gens comme lui qui s'imposent une mission, celle de réconforter des inconnus dans leurs moments de stress intense. Et puis tout à coup il se dit que cet homme affable est peut-être un tyran domestique et ça lui fait comme une pointe au niveau du cœur. C'est donc cela que vit Fanny depuis tant d'années, la peur des mensonges et des faux-semblants, ce sentiment d'insécurité permanent. Pascal se concentre alors sur le marc de café dans le fond de son gobelet en carton qu'il faisait rouler entre ses doigts pendant qu'il observait ce monde parallèle. Il espère que Diego viendra le rejoindre. En attendant il sort son téléphone portable de la poche arrière de son jeans pour appeler Angora et lui donner des nouvelles.

Dans la chambre des soins intensifs, Diego vient se rasseoir et, dans un souffle, continue son monologue interrompu seulement par le bip régulier des constantes vitales de Fanny.

— Il faut que tu reviennes vite chez toi, c'est tellement plus beau qu'ici. Tu as trouvé un petit paradis je crois bien et y a plein de gens qui t'attendent. Tu sais Angora a réussi à me faire rire quand elle m'a dit que tu m'avais imaginé à Terre-Neuve, c'était une bonne idée. J'avoue que je n'y ai jamais pensé mais ça aurait été une sacrée aventure. J'habite à Nantes, je ne suis pas si loin de chez toi.

Une infirmière vient lui signaler qu'il faut maintenant laisser Fanny se reposer, le temps de visite est terminé.

— Je reviendrai maman, je te raconterai ce que je fais à Nantes si tu veux. Et puis en sortant, je vais dire aux infirmières qu'il faut qu'elles s'occupent bien de toi, tu es une collègue hein, ça compte. Avant de partir, faut que je te lise quelque chose.

Diego sort un papier de la poche de son pantalon en toile beige, il le déplie méthodiquement en laissant apparaître un léger tremblement.

— J'ai pas tout compris mais c'est de la part d'Angora : « Fanny, hier soir j'ai entendu le chant d'une reine. Tu avais raison c'est magique et j'avais l'impression que les autres lui répondaient en chœur. Ça m'a complètement scotchée. Maintenant tu dois te réveiller, tu m'entends ? Je t'assure que ça vaut le coup et puis une vie d'apicultrice sans avoir entendu le chant des reines, c'est juste minable alors faut que tu reviennes au moins pour ça, reviens, reviens vite. » Voilà, tu dois comprendre, moi non. Mais je suis d'accord avec elle, tu dois te réveiller, on a tellement de choses à se raconter. Et puis rappelle-toi, tu m'as promis Ouessant, tu m'as promis ce voyage. Maman souviens-toi, Roseher nous attend.

Il laisse alors retomber sa tête sur le bord du lit et pose à nouveau sa main sur celle de Fanny.

Après quelques secondes de triste silence, deux doigts agrippent faiblement la main de Diego, deux doigts comme deux crochets qui se rattachent enfin à la vie.

REMERCIEMENTS

Un grand merci à Jean-François Aubry, Framboise Guillouche, Laurent Le Breton, Emma Le Pottier Pesme et Monique Miloriaux pour leurs précieuses relectures et pour tout le reste.

Merci aussi à l'apiculteur Jérôme Meslé qui s'est gentiment prêté au jeu de l'interview autour de ce passionnant univers des abeilles.

Collection

TERRITOIRES

Jean Anglade
Une vie en rouge et bleu
Le Dernier de la paroisse
Le Choix d'Auguste
Le Sculpteur de nuages
Les Cousins Belloc
Le Grand Dérangement

Sylvie Anne
Le Gantier de Jourgnac
La Maison du feuillardier

Sylvie Baron
Un été à Rochegonde
Les Ruchers de la colère
L'Auberge du pont de Tréboul
L'Héritière des Fajoux
Rendez-vous à Belinay
Terminus Garabit
Un coin de parapluie
Une Miss pas comme les autres
Des noces en or

Jean-François Bazin
Les Raisins bleus
Le Clos des Monts-Luisants
Le Vin de Bonne-Espérance
Les Compagnons du grand flot
Le Maître de la lumière
Le Dernier Tonnelier

Henriette Bernier
Le Baron des champs

Jean-Baptiste Bester
L'Homme de la Clarée
Plus près des anges
Les Amants de Sainte-Catherine
Meurtre au pont du Diable

Françoise Bourdon
Le Moulin des Sources
Le Mas des Tilleuls
La Grange de Rochebrune
Retour au pays bleu
Le Fils maudit
Les Sentiers de l'exil
Les roses sont éternelles
Le Maître du Castellar
Le Secret de Belle Épine
Pour oublier la nuit

Édouard Brasey
Les Lavandières de Brocéliande
Les Pardons de Locronan
La Sirène d'Ouessant
L'Affaire Cabre d'or
Le Domaine des oliviers
Les Fils du patriarche

Patrick Breuzé
Les Remèdes de nos campagnes
La Valse des nuages
L'Étoile immobile
Mon fils va venir me chercher
La Montagne pour refuge
Versant secret
Les Buveurs de ciel

Nathalie de BROC
La Vallée des ambitions
La Robe pourpre

Michel CAFFIER
Corne de brume
La Paille et l'Osier
Les Étincelles de l'espoir

Anne COURTILLÉ
La Tentation d'Isabeau
Le Gaucher du diable
Les Damoiselles de Clermont

Annie DEGROOTE
Les Racines du temps
D'infinies promesses

Jérôme DELIRY
Une rivière trop tranquille
L'Héritage de Terrefondrée
La Maraude

Raphaël DELPARD
L'Enfant sans étoile
Pour l'amour de ma terre
L'enfant qui parlait avec les nuages
Le Courage de Louise

Alain DUBOS
La Mémoire du vent
La Corne de Dieu
Le Dernier Combat du Dr Cassagne

Élise FISCHER
Les Noces de Marie-Victoire
Je jouerai encore pour nous
Villa Sourire
L'Étrange Destin de Marie
Le Jardin de Pétronille
Aux Deux Hirondelles
Les Femmes des terres salées
La Promesse du sel
Le Vin de Pâques
Marionnettes d'amour
Là où renaît l'espoir
Tous au théâtre

Emmanuelle FRIEDMANN
Le Rêveur des Halles
La Dynastie des Chevallier
L'Orphelinat
La Faute des autres

Alain GANDY
Les Cousins de Saintonge

Gérard GEORGES
Une terre pour demain
Le Destin des Renardias
Le Bal des conscrits
Mademoiselle Clarisse
Anatole, fils de personne
La Mésangère

Georges-Patrick GLEIZE
La Fille de la fabrique
Pas plus tard que l'aurore
Le Serment des oliviers
Le Vent de la jeunesse
Quelques pas dans la neige
Les Noisetiers du bout du monde
Le Crépuscule des Justes
Même les pierres ont une histoire
La Montagne des autres
Coupe rase

Yves Hughes
Et meurent les marionnettes

Yves Jacob
Sous l'ombre des pommiers
Le Silence de Justine

Corinne Javelaud
L'Ombre de Rose-May
Les Petits-Papiers de Marie-Lou
L'Odyssée de Clarence

Guillemette de la Borie
La Dernière Héritière
Le Portrait disparu

Hélène Legrais
L'Ermitage du soleil
Les Héros perdus de Gabrielle
Les Ailes de la tramontane
La Guerre des cousins Buscail
Les montagnes chantaient la liberté
Ceux du Château, ceux du Moulin
Trois gouttes de sang grenat
Les Anges de Beau-Rivage
Le Bal des poupées
Le Front dans l'azur
Nous étions trois
Le Cabanon à l'étoile

Philippe Lemaire
Rue de la Côte-Chaude
L'Enfant des silences
L'Oiseau de passage
La Mélancolie du renard

Alfred Lenglet
Du poison dans les veines
Jeux mortels en hiver
Temps de haine
Cœurs de glace

Éric Le Nabour
Retour à Tinténiac
La Louve de Lorient
À l'ombre de nos larmes
La Frondeuse
Cécile et les Beaujour
Comme une aube fragile

Jean-Paul Malaval
L'Or des Borderies
Soleil d'octobre
Les Noces de soie
La Villa des térébinthes
Rendez-vous à Fontbelair
La Folie des Bassompierre
Chronique des Strenquel
La Bastide aux chagrins
Les Sœurs Querelle
Les Larmes de la pinède
La Belle Étrangère
Adélaïde au bord de la falaise
Les Gens de Combeval
La Souveraine en son domaine
Un si joli mariage
Rue de la Fontaine-Bleue
Un cœur solitaire dans une maison trop grande
Un été sous les tilleuls
La Vallée des eaux amères
L'Héritière des sables fauves

Antonin Malroux
La Promesse des lilas
La Cascade des loups
La Pierre marquée
L'Homme aux ciseaux d'argent

Les prés refleuriront
Fenêtre sur village
Marie des Adrets
L'Espoir de belles aurores
Le Pain de paille
Le Cœur de mon père
Le Charpentier du paradis
Un soleil pour chaque jour

Jean-Luc MOUSSET
L'Enfant des labours
Le Secret de Neige

Sophie MUFFAT-MÉRIDOL
L'Homme au bouquet

Brigite PIEDFERT
Deux grains de sucre, un soupçon de secret

Frédéric PONS
Les Pèlerins du diable

Agathe PORTAIL
L'Année du gel
Piqûres de rappel
De la même veine

Nicole PROVENCE
Le Secret d'Aiglantine

Joël RAGUÉNÈS
La Maîtresse de Ker-Huella
La Dame de Roz Avel
La Sirène du port
Les Trois Saisons de la vie
L'Or du lin
Les Vies de Jeanne
Pêcheurs du bout du monde
Les Derniers Seigneurs de la mer

Florence ROCHE
La Terre des Falgères
L'École du lac
La Réfugiée du domaine

Élisabeth SEGARD
Une certaine idée du paradis
Un futur presque parfait

Geneviève SENGER
La Maison Vogel
L'Enfant de la Cerisaie
La Dynastie des Weber
Les Jumeaux du val d'amour
La Promesse de Rose
Les Bellanger
La Dame des Genêts
L'Or de Salomé
La Terre originelle
Le Bonheur est au fond des vallées

Jean SICCARDI
La Source de saint Germain
Le Maître du diamant noir
L'Ivresse des anges
L'Auberge du gué
Gaston des vignes
La Chapelle des Templiers

Bernard SIMONAY
L'Or du Solognot
Le Marais des ombres
Meurtres d'outre-tombe

Jean-Michel THIBAUX
L'Olivier du diable
Le Maître des bastides
Le Rappel du tambour

Katia VALÈRE
Après la nuit vient l'aube

Brigitte VAREL
Le Secret des pierres

Louis-Olivier VITTÉ
La Guérisseuse de Peyreforte
Là où coule une rivière
Le Secret de Tire-Lune
La Statue engloutie
La Dame des vignes hautes
La Femme qui voulait voir la mer
Petit Jean

Colette VLÉRICK
L'Enfant sur le pont
Un air de liberté
La Nacre des abers
Dans la lumière de Pont-Aven
Rêves d'indiennes

Photocomposition Belle Page

Achevé d'imprimer en septembre 2022
par CPI BRODARD & TAUPIN (72200 La Flèche)
pour le compte des Éditions Calmann-Lévy
21, rue du Montparnasse, 75006 Paris

PAPIER À BASE DE
FIBRES CERTIFIÉES

CALMANN LÉVY s'engage
pour l'environnement en réduisant
l'empreinte carbone de ses livres.
Celle de cet exemplaire est de :
500 g éq. CO_2
Rendez-vous sur
www.calmann-levy-durable.fr

N° d'éditeur : 6758648/01
N° d'imprimeur : 3050099
Dépôt légal : octobre 2022
Imprimé en France.